Al borde de la obsesión

Pero es amor

LILY PEROZO

Si utilizas al enemigo para derrotar al enemigo, serás poderoso en cualquier lugar a donde vayas.

Sun Tzu

Se muestran carnadas para incitar al enemigo. Se finge desorden y se le aplasta.

Sun Tzu

INDICE

A mi hermana Lina Perozo,

por haberme retado a escribir esta historia.

UNO

Un amante conoce solo la humildad, no le queda más.
Se escabulle entre tus caminos en la noche, no le queda más.
Ansía besar cada mechón de tu pelo, no se irrita.
No le queda más.

Nicholas recibía los aplausos al final de una función llena de éxito, se lo dejaba claro los halagos que le ofrecía un público de pie. La adrenalina corría desbocada por su cuerpo al ver cómo después de ocho funciones consecutivas en Broadway, seguía con las mismas energías, con esas ganas de ofrecerle más a ese público que lo había consagrado como uno de los actores más famoso de la época. Su vida en el plano laboral era envidiable, pero en lo personal no era más que un desastre.

Su mirada llena de desprecio disimulado se ancló unos segundos en la pelirroja en primera fila, más que todo por curiosidad y comprobar que no había faltado una sola noche a ninguna presentación de la obra, y eso lo llenaba de rabia. Era evidente que sutilmente lo acosaba, que seguía encaprichada con él como en la adolescencia. Cada vez que la veía recordaba que a causa de su estupidez le había tocado separarse inesperadamente de Michelle.

El grupo de actores terminó de agradecer y se perdieron tras el telón. Nicholas se fue directamente al camerino, no tenía ánimos de ofrecer ninguna entrevista, ni mucho menos lidiar con fanáticas, tal vez rehuyendo de un posible encuentro con Audrey Davis, y evitar ser grosero delante de algunos críticos que no conocían el pasado que lo ataba a esa mujer.

Odiaba las noches de verano, porque la humedad era insoportable. Al llegar a su lugar de paz, se encontró con la botella de champagne que siempre le esperaba. Se quitó el vestuario quedándose sólo con las mallas negras y descalzo. Agarró una liga y se recogió su cabello castaño que le llegaba a los hombros, sintiendo algunas hebras en la nuca húmedas a consecuencia del calor y por tanta indumentaria que debía utilizar al interpretar al personaje.

Agarró una copa y la llenó a la mitad; le dio un gran sorbo a la bebida y regresó la copa sobre la peinadora mientras revisaba las tarjetas enviadas por las seguidoras. Todas le expresaban el amor que le tenían, pero ese amor no lo llenaba, no de la manera que él esperaba.

—¡Felicidades! —Se dejó escuchar una voz femenina, que él inmediatamente reconoció, pero también notó que había cambiado, tal vez porque ahora era toda una mujer y el tono ronco que poseía provocó que se le erizaran los vellos de la nuca.

—¿Qué haces aquí? ¿Quién te dejó entrar? ¡Largo de aquí Audrey! —Nicholas le exigió con rudeza, poniéndose de pie rápidamente.

Ella no podía reaccionar a las groserías de él. Tal vez al ver el torso desnudo de Nicholas y constatar como el cuerpo se había formado completamente y ya no era el de un adolescente precoz. Ahora era todo un hombre… hombre en toda la extensión de la palabra. Lo comprobó al echarle un vistazo y ver cómo se le marcaba muy bien la malla negra en la entrepierna, logrando que el aliento se le atascara en la garganta y naciera con demasiada fuerza una necesidad por aferrarse a esos hombros anchos y fuertes.

Las facciones endurecidas del rostro de Nicholas lo mostraban más atractivo, más masculino, atrás muy atrás quedaron esos rasgos dulces que poseía. Siempre le había seguido la pista por las revistas y diarios, pero la semana pasada fue que se dio a la tarea de luchar, de dar el todo, por el todo. Al descubrirse siempre suspirando cada vez que lo veía en alguna fotografía que verdaderamente no le hacían justicia, comparándolo con tenerlo en frente a menos de un metro y con la posibilidad de palparlo centímetro a centímetro.

—¿No escuchas? Largo de aquí, ¿o prefieres que te saque yo mismo? —La voz de Nicholas se fundía en sus oídos, y era la más grande de las masoquistas porque le gustaba esa potencia con la que le hablaba.

—Solo he venido a felicitarte por la interpretación —le dijo acercándose lentamente, tanteando poco a poco el terreno.

—Ya lo has hecho, ahora puedes largarte. —Se dio la vuelta con el único propósito de ignorarla.

—No quiero irme, quiero que tú me saques.

Audrey no recibió ninguna palabra, solo lo vio volverse y encaminarse peligrosamente hacia ella, iba a sacarla, de eso no tenía la menor duda, por lo que se tensó en el lugar, tratando al menos darle la pelea y hacerlo esforzarse un poco.

Nicholas la sujetó por el brazo y ella sentía que su intención de clavarse en el suelo estaba dando resultado; al parecer, él no quería ser brusco.

—¿Qué quieres Audrey? Te he dicho que te largues. —Sus ojos azules refulgían ante la rabia que sentía por ella.

Esa mujer era merecedora de su odio, por rastrera, por tramposa. Ella con su engaño había logrado que la familia de Michelle los separara. Les hizo daño sin importarle que fuese su prima.

—Te quiero a ti… Te deseo Nicholas, no voy a andar con rodeos, quiero que me abras las piernas y te hundas en mí, siempre lo he deseado. —Le dijo con la mirada miel, en la zafiro.

Nicholas no pudo controlar las extrañas olas de excitación que lo recorrieron sin piedad, y desafortunadamente el efecto que causaron las palabras de Audrey, empezó a evidenciarse en su entrepierna que palpitaba sin control. Nunca una mujer le había pedido de manera tan descarada que se la llevara a la cama.

—¿Eso es lo que quieres? Sólo estás obsesionada Audrey y yo soy un caballero, búscate a... —Le decía tratando de parecer decepcionado ante la actitud tan baja de ella.

—Eres un hombre. —Le recordó interviniendo, entretanto rozaba con su mano libre el centro del abdomen masculino, logrando que Nicholas se estremeciera ante el contacto.

Él era consciente de que se encontraba vulnerable, ya que llevaba algunas semanas de abstinencia, así que no podría contenerse por mucho tiempo. Ella se puso de puntillas é intentó besarlo, pero él alejó el rostro. Rebuscó en los resquicios de su cordura y le detuvo la mano traviesa que jugueteaba en su vientre.

Audrey al percatarse de que sus avances eran truncados, reforzó su decisión, ni loca iba a desistir. Rápidamente llevó la otra mano y se apoderó de una de las nalgas del actor, apretándola con fuerza, sin desviarle la mirada y abrió la boca lenta y sensualmente para liberar un jadeo, el cual se alargó al sentir como Nicholas guio la mano que había detenido y la posó en la naciente erección.

Ella sintió el tibio y palpitante bulto en su mano, la cual fue guiada por él mismo y se la retuvo en el lugar, mientras los zafiros empezaron a cubrirse en llamas, y ella iba a terminar incinerada. Solo se limitaba a sentir y a canalizar las emociones para poder mantenerse en pie, cuando Nicholas con las manos le cerró la cintura, elevándola del suelo y con dos largas zancadas la acercó y sentó sobre la peinadora.

—¿Quieres a un hombre? —inquirió él abriéndole las piernas en un movimiento brusco, y ella sólo jadeó y arqueó la espalda, sintiendo que los pechos explotarían el brassier, abrió la boca para poder respirar y los ojos para poder creer que quien estaba a punto de enloquecerla era Nicholas Mansfield.

Sintió las manos de él hurgando bajo su vestido y ella maniobró con su cuerpo para hacerle más fácil la tarea de que se deshiciese de la ropa interior, al tiempo que, con sus manos ágiles y temblorosas por la excitación, bajaba la malla negra del chico, asegurándose de que sin duda alguna era un hombre. Él se acercó, y ella inmediatamente buscó la boca masculina, que una vez más la esquivaba.

Nicholas llevó una mano a la cadera de la pelirroja para acercarla, al tiempo que él se adentrada al cielo que se abría en medio de las piernas de ella, y con la otra mano le haló los cabellos, logrando arrancarle casi un grito.

Solo quería desahogar las ganas y que a Audrey no le quedaran deseos de buscarlo nunca más. Sería contundente, imprimiría fuerza y rapidez, solo pensando en su propio placer, no tenía ganas de complacerla, ni mucho menos demostrar sentimientos a quien no los merecía, por eso no la besaría, ni le diría palabras cariñosas, ni tiernas. Solo se la cogería y nada más, encontrando en eso una especie de venganza.

—Sin arrepentimientos. —Le dijo al oído al tiempo que entraba en ella con empuje, colmándola hasta donde era posible recibirlo, nublándole el límite de la razón, escuchando cómo un jadeo envuelto en frenesí se ahogaba en su oído.

—No voy a arrepentirme. —La voz de la chica demostraba la lujuria que la recorría, y llevó sus manos a los glúteos masculinos sintiendo como se tensaban ante cada empuje que la lastimaban, pero que también le ofrecían un placer único. Se aferró con sus dientes a uno de los hombros del chico, quien, al sentir la presión, maldijo en silencio porque sabía que Susana le vería la marca del mordisco; por lo que una vez más haló los cabellos rojos con ímpetu, alejándola. Soltó las hebras y la sujetó por el cuello, pegándola a la peinadora.

Audrey sentía los dedos de él enterrarse en su cadera, sabía que le marcaría las manos y que los hematomas le recordarían este momento desenfrenado que la conducía al mismo cielo. El paso del oxígeno cada vez era menor, pero descubría como las sensaciones en su centro aumentaba al no poder respirar, como su centro se contaría con brutalidad, succionando a Nicholas.

Las pupilas dilatadas de él se abrían como un abismo sin fondo, ese en el cual ella se perdería, al cual se lanzaría sin importar lo que le esperara.

Nicholas a pesar de la excitación y de bombear en la pelirroja sin pausa y con prisa, se percató del sonrojo furioso en el rostro de ella. Únicamente quería sacarse la ira que llevaba dentro y no matarla, por lo que la soltó y con sus manos retiró las de ellas, que se encontraban aferradas a sus glúteos, sosteniéndola por las muñecas las elevó y las pegó al espejo, acercándose con aún más, sintiendo el aliento de Audrey estrellársele contra sus labios.

Juraba que podía ver la sangre circular rápidamente en los labios de Audrey, tentándolo a que se los devorara, pero cerró los ojos para erradicar ese deseo antes que caer en la tentación de besarla.

Ella elevó sus piernas apoyando la planta de los pies en la peinadora, brindándole a él más terreno, desbocándose al igual que Nicholas, y marcándole la danza de su vientre, la manera en que deseaba los movimientos de él, quien rápidamente se acopló a los de ella.

—Sí, Nicholas… así, más… por favor más, no te detengas… sí… sí —bramaba la chica a las puertas del orgasmo, y él se sorprendió al darse cuenta de que solo quería complacerla. Obedecer cada palabra que salía de esa boca, tal vez porque él lo necesitaba, anhelaba cada suplica para alcanzar el orgasmo.

Un ronco gemido anunció la corriente que germinó en la planta de sus pies y subió con la rapidez de una centella por todo su cuerpo, nublándole la razón, espasmos lo sacudían y lo hacían hundirse aún más en Audrey, quien aprovechó a Nicholas jadeante y le atrapó el labio inferior, halándolo entre sus dientes, llevándolo al punto de que él dependiera de ella. Nicholas correspondía al beso o se llevaría como premio un maravilloso orgasmo y un labio.

Nicholas poseía la destreza y fortaleza para liberarse de los dientes de Audrey, pero encontró en la dulce tortura un placer distinto, un alucinógeno que lo envolvió por completo, razón por la cual se dejó besar, descubriendo la habilidad con que la pelirroja movía su boca y utilizaba su lengua, mientras los cuerpos se bañaban en sudor y la humedad en el ambiente los enloquecía, el olor a sexo solo les estimulaba los sentidos, incitándolos a seguir y a desear que no terminara la noche.

Nicholas le liberó las muñecas y bajó las manos al cuello femenino sin dejar de besarla un solo instante, sintiendo cómo la boca de ella en cuestión de segundos creaba en él una adicción y se arrepintió por no haber permitido que lo besara antes.

Audrey al sentirse liberada colocó las manos en el pecho de Nicholas, y lo alejó, interrumpiendo el beso y dejándolo con ganas de más. Él dio dos pasos hacia atrás y se subió la malla que estaba enrollada en sus muslos.

La chica bajó de un brinco de la peinadora, logrando que su vestido cayera pesadamente, se agachó y agarró sus pantaletas que se encontraba enrollada y tirada en el suelo, sin pedir permiso se la puso a Nicholas en una mano.

—Adiós. —Le dijo elevando una de las comisuras con sensualidad, y se encaminó. Él la retuvo por la mano, ella volvió medio cuerpo—. ¿Quieres que me quede? —preguntó con ese tono de voz que a Nicholas empezaba a enloquecer.

Él no dijo nada. Sí, quería que se quedara; pero no iba a demostrarle a Audrey que le inspiraba para una segunda tanda de sexo desenfrenado, ya todo había terminado. Se había sacado la espina y la rabia que sentía en contra de ella. Había sido rudo, como un hombre primitivo, ni un atisbo de caballerosidad le ofreció, pero al parecer tampoco le molestó, ni se sintió vejada; por el contrario, suponía que era la manera en cómo a Audrey Davis, le gustaba tener sexo.

Soltó el agarre, y ella se marchó, dejando el deseo vibrando en el aire. Él volvió medio cuerpo y se miró con una nueva excitación cobrando vida. Se llevó la prenda íntima a la nariz en un impulso del cual él mismo se sorprendió, pero no dejó de embriagarse con el olor corporal de Audrey.

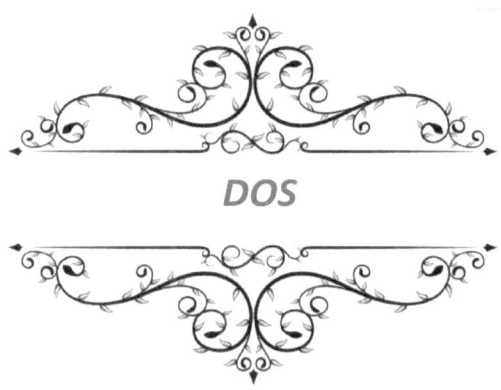

DOS

En su frenético amor por ti,
ansia romper las cadenas de su encarcelamiento,
no le queda más.
Un amante pregunta a su amada.
¿Te amas, más que a mí?
Su amada responde:
yo he muerto por ti y yo vivo por ti.

Nicholas se percató, de la mirada de desaprobación del director de la obra, escondido estratégicamente a un lado del escenario. Sabía que ese reproche era a consecuencia de que él había titubeado un par de veces y seguido a destiempo los diálogos de su compañera de escena, en un recinto con un lleno total.

No podía evitar pasear su mirada por el público en busca de Audrey, sin ser plenamente consciente de que lo hacía. Era un autómata que rebuscaba en el mar de gente.

Después de que le extrañara no verla en primera fila, como cada noche desde que se estrenó la obra. Imaginó que debía estar en un palco, tal vez acompañada por su familia; aunque, no podía ver claramente, hacía el esfuerzo sobrehumano para hallarla en la parte más oscura del teatro.

Se obligaba a negarse que Audrey lo había cautivado la noche anterior, se maldecía por esa debilidad tan primitiva en todo hombre.

A su memoria llegó el recuerdo de esa mañana, cuando la maldijo al ver en su hombro la marca de la mordida como la más vívido y ardiente evocación, que lo llevó hasta esa lujuria con que ella lo miró, como nunca lo había hecho otra mujer, despertando un deseo irrefrenable que le llevó más tiempo del esperado en el baño, pensado que con eso le bastaría.

Pero apenas el telón subió, su mirada buscó el puesto que había ocupado en las funciones anteriores, y en su lugar, se encontraba un hombre. Trató de concentrarse y dar inicio a la obra, pero sin proponérselo seguía buscando.

Se dio el intermedio de la función, aún con todos los errores en escena, el público ensordeció el lugar con aplausos en medio de lluvias de rosas que caían sobre el escenario. Nicholas antes de encaminarse al área de descanso, buscó a Audrey una vez más entre la gente que se ponía de pie, sin ningún éxito, por lo que bajó las escaleras, sintiéndose furioso consigo mismo, por haber errado en su actuación y por estar anhelando a esa mujer.

—Mansfield, ¿qué demonios te pasa? —inquirió molesto el director de la obra, interceptándolo.

—Nada. —Fue su respuesta escueta. No pretendía darle importancia ni mucho menos explicaciones.

—¿Nada? Si estás en la luna… Concentración, quiero concentración. No creo que hayas olvidado tus líneas. Te pido que si tienes algo que te atormente lo dejes fuera del escenario. ¿Entendido? —La voz del hombre demostraba la molestia, no podía permitir que después de nueve noches consecutivas de rotundo éxito, el actor principal cometiera errores tan garrafales.

—Nada me atormenta, tal vez solo estoy un poco casando y harto de tus exigencias… Tengo suficientes con las que yo mismo me impongo, así que no me jodas la vida Robert — respondió con ese tono altanero que lo caracterizaba, y se dirigió al camerino.

Al llegar se dejó caer sobre un sillón y de la mesita de al lado tomó la cajetilla y sacó un cigarrillo, el cual se fumó lentamente, perdiendo su mirada en las ondas que creaba el humo, y su mente sucia y perversa conjeturó a la pelirroja sentada frente a él, con las piernas abiertas, imaginando su centro ardiente con sus vellos rojizos, quizás de un color cobre intenso, ya que la noche anterior no se había dado a la tarea de admirarlo, solo lo asaltó como un ladrón sin ningún tipo de cuidado, y había sido succionado a las puertas del cielo.

—¡Maldita bruja! —exclamó sintiéndose cada vez más impotente y confundido, esa necesidad en él no la había germinado ninguna mujer, no con tanto poder y fortaleza.

Con Michelle todo fue ternura, sutileza y respeto, siempre aun en sus más locos sueños imaginó a la rubia, espontánea, pero inexperta y él se moría por enseñarle, por ser quien la hiciese mujer, y ahora no tenía idea de lo quería.

Sí, dulzura y ternura o arrebato y descontrol, en su esencia no estaba el ser violento o ¿sí?

Bueno, era impulsivo, imperioso en algunos aspectos; pero jamás pensó que, al intentar castigar a Audrey por las maldades hechas en el pasado, le causaría tanto placer, un goce que quería repetir. Esa era la única explicación a esa zozobra que lo había atosigado durante el día.

Sacudió la cabeza intentando despejar los pensamientos, entretanto apagaba el cigarrillo en el cenicero de cristal.

—Debo estar enloqueciendo, definitivamente. —Se dijo al tiempo que se ponía de pie, para salir del camerino.

Debía olvidar lo sucedido la noche anterior, dejar de lado tanto rencor por un pasado que no lo llevaría a ningún lugar, lo que hizo con Audrey había sido una completa locura, tal vez otra trampa de ella en la cual esta vez había caído de bruces. Ahora seguramente se inventaría un embarazo y lo obligaría a casarse.

—¡Otra obligación! ¡Maldita sea mi existencia! Eso me pasa por no pensar, por dejarme llevar por la calentura, por cegarme ante una bruja erótica. ¿Cómo le explicaré a Susana? Se supone que estoy comprometido con ella. —Se dijo caminando por el pasillo.

Al llegar al área de descanso, estaban sus compañeros preparándose para salir nuevamente a escena, aun cuando se sabía de memoria las líneas, decidió tomar su guion y repasar un poco, y no lo hacía por Robert, lo hacía por él, porque le enfurecía equivocarse.

Después de cinco minutos el telón se elevaba una vez más, y los actores salían a dar lo mejor de sí, para al final solo ganarse excelentes críticas. Nicholas logró concentrarse y llevar a cabo su función de manera impecable. Se acopló a la perfección con sus compañeros, para después del tiempo estipulado, recibir los aplausos, mientras ellos agradecían con reverencias.

Actuar era su pasión, su impulso a la vida, y al recibir la euforia de los espectadores le reafirmaban esa vocación por el teatro.

El terciopelo italiano rojo una vez más los aislaba del público, como siempre en el pasillo se encontraban las admiradoras de honor, hijas de grandes empresarios a las que se les daba un trato exclusivo para que pudiesen interactuar con sus actores favoritos.

Nicholas reconoció a varias que ya lo habían acompañado al camerino o a algún auto en el estacionamiento, pero esa noche no elegiría a ninguna. Debía marcharse temprano porque le tocaba visitar a su prometida, recibió un ramo de rosas blancas, algunas calas, orquídeas y docenas de tarjetas, mientras agradecía, tratando de ser lo más amable posible.

Pidió permiso y se alejó, dejando a más de una con las ganas de enredarse en las sábanas con el actor, mientras caminaba decidió que el ramo de rosas blancas sería el regalo para Susana, para justificar su ausencia de una semana.

Al menos ella no lo presionaba, comprendía que cuando una nueva obra se ponía en escena necesitaba tiempo y descanso, respetaba la distancia que él imponía; sin embargo, no se salvaba de las fastidiosas llamadas que se extendían por media hora o más, cuando él simplemente quería descansar.

Susana asistió con su madre la noche de estreno, después no quiso visitarlo más, y de cierta manera lo agradecía porque odiaba cuando se ponía territorial y como la más estúpida e insegura de las adolescentes, le hacía ver a las admiradoras que él era su prometido.

Con los años se había dado cuenta del arte de manipulación que la rubia dominaba a la perfección, no quería asistir a terapias y lo hacía para seguir dependiendo de él, sobre todo, obligarlo a estar a su lado; sin embargo, nunca fue un estúpido y si ella manipulaba, él daba larga, por algo llevaban cinco años comprometidos, todavía no fijaba fecha de matrimonio y a sus veintisiete años seguía soltero.

Entró a su camerino y colocó sobre un sillón los detalles que le habían obsequiado. Empezó a quitarse la ropa rápidamente, necesitaba algo más cómodo y fresco.

Con el verano instalado, las noches eran un suplicio, ante el calor y la humedad, la temperatura debía rondar los treinta grados, y él con un montón de tela encima. Se deshacía de las prendas que terminaban sobre un camastro, desnudo, se dirigió a la mesa y agarró una botella de agua, un vaso y buscó la hielera que siempre mantenía fría el champagne, pero no la encontró.

—¡Magnifico! —exclamó con sarcasmo—. Me han dejado sin hielo.

—Lo siento, es que estoy algo acalorada. —Se dejó escuchar la voz ronca y sensual, proveniente de algún rincón del camerino.

Nicholas giró sobre el mismo punto, al tiempo que tendía una mano y agarraba unos pantalones de lino en color gris plomo y se los coloco de prisa, más que por pudor, lo hizo por precaución.

—¿Quisiera saber cómo demonios haces para entrar en mi camerino? —inquirió sin acercarse a la pelirroja, que suponía estaba detrás del paraban de caoba que dividía el camerino, creando un espacio íntimo para él—. Sal de ahí y lárgate Audrey. —Le exigió—. No pienso caer en tu juego nuevamente, lo que pasó anoche fue el peor de los errores.

—Creo que fuiste tú el que dijo, sin arrepentimientos. —La voz de ella lo atraía como el canto de las sirenas, pero, creía en su fuerza de voluntad y no daría un solo paso.

—Qué importa lo que dije, solo me dejé llevar por la excitación, ahora largo de aquí y no quiero otra de tus tretas, harpía tramposa.

—Me culpas, ¿Nicholas has olvidado las clases de religión en el colegio? —Una carcajada seductora retumbó en el lugar e hizo eco en los oídos de Nicholas, quien sintió cómo un escalofrío lo sacudió—. Recuerda que Eva fue la engañada por Satanás, pero Adán no lo fue y pecó de manera voluntaria, yo creo que deseaba a Eva y se unió a ella en desobediencia, descubriendo inmediatamente que eran criaturas caídas, mortales desnudos con una perspectiva totalmente diferente de la vida. Habían descendido de la perfección a la depravación total.

—No me interesan tus clases de religión… —Hablaba, cuando ella intervino.

—Yo no te obligué Nicholas, así que no me llames tramposa, siempre te empeñas en calificarme de malévola, cuando solo actúo con inteligencia para encontrar lo que anhelo… Deberías aprender un poco a actuar de manera calculadora y dejar de lado tanta impulsividad, eso solo te vuelve más vulnerable.

—Tus consejos tampoco me interesan, ya no quiero perder más el tiempo contigo —dijo encaminándose con decisión—. Lárgate de aquí o no res... —Las palabras se le enredaron en la garganta al encontrase a Audrey desnuda sobre el diván.

Parecía la Venus en el espejo, y sus pupilas en ese momento se abrían como un abismo oscuro que la engullían completamente con su desnudez, su postura erótica, su piel como el nácar, sus pezones rosas agudo y despiertos, su monte de venus de cobre intenso, los cabellos los llevaba recogido en un moño de bailarina y sus labios se curvaban en una sátira sonrisa.

—Ha aumentado la temperatura, ¿no lo crees Nicholas? —preguntó, al ver cómo él se la devoraba lascivamente con la mirada, por lo que agarró un cubo de hielo, de la hielera que reposaba en la mesa de al lado, y empezó a bordearse lentamente uno de los pezones.

Las pupilas de Nicholas se movían formando el pequeño círculo que surcaba el hielo que poco a poco se derretía, y se descubrió ansiando atrapar con su lengua esa lágrima que bajaba por el seno de la pelirroja.

—Audrey vístete y vete de aquí. —Se felicitó mentalmente por haber encontrado la voz clara, para exigirle que se marchara, aun cuando el traicionero de su miembro palpitaba contra su pantalón y su espalda empezara a perlarse.

Ella no se inmutó, solo le dio otro rumbo al cubo de hielo, empezó a bajarlo por su abdomen hermoso y plano, mostrándole a Nicholas una cintura perfecta y diminuta.

Al ver que no obtenía el resultado esperado con el hombre de pelo castaño, flexionó las rodillas y separó los muslos lentamente, arqueando su cuerpo y liberando un jadeo cuando sintió el frío del hielo posarse en su centro, una sonrisa de satisfacción se dibujó en su rostro, al escuchar el gruñido que Nicholas no pudo controlar.

—Ven aquí Nico... Olvidemos quiénes somos por un momento, por una noche, olvida quién soy... Solo soy un cuerpo sediento de placer, estoy ardiendo en deseo por ti... Regálame tu mejor papel, quiero tu mejor actuación.

Una bruja... una bruja, eso era, porque los pies de Nicholas avanzaban sin él poder hacer nada. Lo tenía bajo una especie de hechizo. Se acercó al diván y subió a este, arrodillándose en medio de los muslos femeninos, la mirada zafiro se posó en la flor de fuego que derretía el hielo.

Audrey retiró el hielo y lo llevó hasta la mandíbula de Nicholas, quien al primer contacto gimió. Acarició la línea de la barba hasta llegar a los labios del hombre, delineándolos, hinchándolos ante el frío. Él separó los labios y succionó el cubo salado por la combinación de fluidos de ella y sudor de él, y lo retuvo con sus dientes.

Nicholas se hizo dueño del hielo, y ella llevó sus manos a la pretina del pantalón, halándolo hacia su cuerpo con rudeza.

Él se apoyó con las palmas de sus manos a ambos las de la chica, la miró con ese fuego que se propagaba por su interior y ella respondía de la misma manera.

Nicholas se acercó y con el hielo en su boca rozó los carnosos y sensuales labios de Audrey, quien los abrió y succionó en varias oportunidades, restándole vida al cubo helado, que empezaba a tener otro recorrido. Se deslizaba por su barbilla, paseaba por su cuello, donde la respiración se le había quedado atascada, hasta llegar a uno de sus senos, donde Nicholas con su boca guiaba el gélido pincel que dibujaba sus pezones.

La chica empezaba a estremecerse a causa de la locura que creaba en ella la excitación, se frotaba contra la erección que amenazaba en su centro, llevó sus manos a la espalda masculina sintiéndola, caliente y fuerte, apretando cada músculo y elevó sus piernas para encarcelarlo.

Él dejó caer todo su peso sobre ella, la tomó de las manos y las entrelazó, elevándola por encima de ambos, dejándola inmóvil, movió la cabeza hacia un lado y escupió el trozo de hielo, para aferrarse con su boca a las colinas frías, tirando con sus dientes de los pezones.

—Ahhh. —Jadeaba Audrey a punto de grito, y a él le excitaba que lo hiciera, por lo que una vez más succionaba con ímpetu y tiraba, y ella una vez más gritaba. Los abandonó en busca de otro punto de placer, destino, la boca. En cuanto a agilidad, ella ganaba, pero de intensidad él le enseñaba.

Le dio un beso rápido e intenso que lastimaba y saciaba.

Nicholas le soltó las manos y con rapidez las llevó a sus pantalones para deshacerse de la prenda, sino los explotaría, la descarada le ayudó en la tarea, mientras jadeaba sonriente, y él se impresionó al descubrirse correspondiéndole de la misma manera.

—Tu sonrisa siempre me excitó, Nicholas. No tienes ideas de las veces que te imaginé... —Le hizo saber y jadeó ante el dolor cuando él le abrió las piernas con ímpetu.

—Voy al fondo. —Esta vez le advirtió y se hundió en ella de manera contundente, arrancándole un grito de placer y dolor, empezando a atravesarla lento e intenso—. ¿Así me imaginabas?... ¿Así? —Le preguntaba cada vez que se anclaba.

—No... no, él de mi imaginación... no era tan bueno... dame más Nico... más. —Pedía halándole los cabellos, y él le acariciaba las caderas, bajó a los mulos y se los elevó, poniéndose de rodillas y con sus manos en las rodillas femeninas mantuvo las piernas de ella como alas de mariposas al vuelo.

Reducía sus movimientos para que los latidos de su corazón disminuyeran, pero a los segundos se desbocaba nuevamente. La tomó por la cintura, elevándola, y con un movimiento maestro, él se acostó en el diván y ella quedó encima de él, donde empezó a mecerse, pero no por mucho tiempo, ya que Nicholas retomaba el control y se impulsaba con sus pies para penetrar, con sus brazos cerró la espalda de ella y la atrajo hacia su pecho. Audrey buscó la boca de Nicholas donde hizo piruetas con su lengua, las cuales detuvo al sentir como todo su cuerpo se tensaba ante el anuncio del orgasmo, ahogando el grito en la boca del actor.

Nicholas le brindó a ella el placer en estado puro, mientras que ella se lo brindaba a él, esta vez lo había gozado aún más, porque había olvidado con quien estaba, había olvidado a la Audrey Davis, a la adolescente manipuladora de la secundaria. Ahora estaba con esa que apareció nueve días atrás en primera fila, apoyando su trabajo.

Recordó las miradas de admiración y los aplausos al final de cada función, anteriormente sus presentaciones las hacia pensando en Michelle, pero ella nunca fue a verlas, no después de lo sucedido con Susana, tal vez su presencia le lastimase, pero además de ese dolor, también anhelaba un apoyo, que hasta ahora no había recibido.

Nunca había sentido miedo a los cambios en su vida, pero empezaba a presentir una nueva etapa que nunca, ni en sus más absurdos sueños había imaginado. Y de cierta manera le atemorizaba, porque por esa mujer cabalgándolo solo sentía odio, desprecio y le asustaba lo que pudiese provocar en ella con esos sentimientos, era consciente de que la había lastimado, pero tampoco podía controlar el grado de agresividad que le propiciaba mientras se la cogía.

Ella se venció y dejó descansar su cabeza sobre el hombro de él, mientras retomaba el control y los latidos reducían su ritmo. Nicholas llevó sus manos al rostro de la joven y lo acunó, elevando la cabeza de ella para admirarla, recorrió con la mirada zafiro, las facciones femeninas. Siempre le pareció una joven hermosa, por eso muchas veces coqueteaba con ella, solo que de nada le valía ser bonita, si era tan estúpidamente caprichosa y envidiosa, al tenerla tan cerca, se percató por primera vez, de unas sutiles, muy sutiles pecas en su nariz, seguramente se las maquillaba por eso nunca se las había visto. No pudo evitar sonreír ante su fetiche por las pecas.

Una boca pequeña, pero con unos labios voluptuosos que se abrían como una flor nocturna, unas cejas arqueadas que enmarcaban unos ojos que solo expresaban maldad y arrebato. Llevó una de sus manos y le quitó la liga, logrando que los cabellos se mostraran por primera vez en su estado natural, con suaves ondas y no alisado. Admirándola bien, era una mujer con una belleza extraordinaria, con una elegancia innata, aunque desbocada y desinhibida a la hora de exigir placer.

—¿Por qué lo que hago? No lo entiendo; pues no hago lo que quiero, sino lo que aborrezco, eso hago —susurró Nicholas, mirándola a los ojos, citando a Romanos capítulo siete, versículo quince.

—Pensé que eras ateo. —Fue su respuesta, le sonrió con descaro, elevándose y obviando lo que Nicholas quería hacerle entender. Aún encima del castaño, estiró la mano y agarró la hielera vaciándosela encima, mojando sus cabellos y su cuerpo, soportando el agua helada.

Nicholas se aferró a las caderas de ella para no brincar ante el líquido que bajó por el cuerpo de la pelirroja y lo mojó, admirando a una sirena voluptuosa que todavía lo mantenía encantado bajo su hechizo.

Audrey abrió los ojos y posó su mirada en el rostro de Nicholas con sus cabellos castaños oscuros esparcidos sobre el diván, sus ojos azules intenso la miraban fijamente y le daría el alma al diablo por los pensamientos de él en ese instante. Era de una belleza inhumana que siempre la cautivó, que la atrapó desde el instante en que lo vio por primera vez en la secundaria, pero para su desdicha fue su prima Michelle, quien lo cautivó.

Arrogante, elegante, masculino y ahora como hombre solo había aumentado sus cualidades. Acariciar los finos vellos en su pecho era una experiencia religiosa, todavía no podía creer que Nicholas Mansfield. El protagonista de sus sueños húmedos se había materializado. Se había propuesto tenerlo de esa manera, pero siendo completamente sincera con ella misma, jamás pensó que tendría éxito, era consciente del desprecio que él sentía por ella, se lo había ganado, eso lo sabía.

Seguramente soy buena seduciendo. —Pensó al tiempo que se mordía el labio inferior.

Él con su lengua se humedeció lentamente los labios, controlando sus impulsos al ver el gesto de ella. Logrando que Audrey se estremeciera ante el placer de mirarlo.

La pelirroja se percató de que Nicholas sabía sonreír dulcemente, que no todo era arrogancia, y ese gesto tan humano le hizo explotar millones de mariposas en su estómago, porque era primera vez que demostraba humildad delante de ella.

Él se incorporó y Audrey abandonó el cuerpo masculino, poniéndose de pie a un lado del diván, Nicholas se levantó y ella no perdió la oportunidad para verlo tan alto como era y desnudo, era la perfección hecha hombre, como si su rostro no fuese suficiente, poseía un cuerpo masculino que lograba que todo el aliento se le escapase, al verlo pasearse por el lugar.

Nicholas se encaminó a un armario. Sacó una toalla pequeña y una capa, seguramente de utilería, le tendió solo la toalla.

—Gracias —susurró, ya que la voz se le ahogó en una emoción que por primera vez experimentaba.

—Te dije que soy un caballero. —Le recordó admirando a la pelirroja pasar la toalla por su cuerpo y después frotar sus cabellos. Perdido en el bamboleo de los senos generosos que la naturaleza le había regalado y de las curvas que le gritaban que, si no tenía precaución, terminaría cuesta abajo por el peor de los barrancos.

Las pupilas de los ojos zafiros se dilataban ante el deseo naciente, se negaba que Audrey fuese la mujer con la que hasta ahora más había gozado los placeres carnales, se lo negaba, una y mil veces, se lo negaba. Necesitaba eliminar esa excitación por lo que se paró detrás de ella y le colocó la capa sobre los hombros, para cubrir esa desnudez que empezaba a someterlo.

Decidió alejarse, por lo que se encaminó y la dejó detrás del paraban. Frente a la peinadora, observó su cuerpo sudado y sonrojado a causa de la sesión de sexo al que fue sometido. En ese momento el ramo de rosas blancas, que vio al fondo a través del espejo, le recordó que había olvidado su visita a Susana.

—¡Mierda! —exclamó, percatándose de que no sólo se había olvidado de la Audrey Davis del pasado, sino de todo lo que los rodeaba.

Buscó rápidamente una camisa blanca y se la abotonaba mientras se dirigía detrás del paraban.

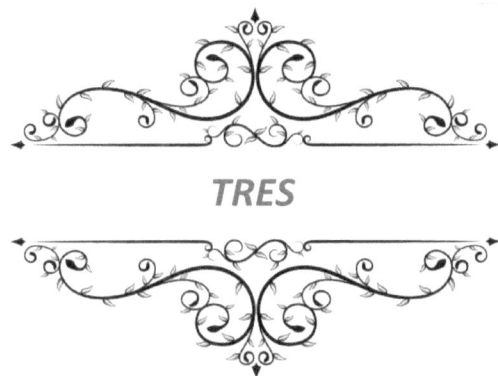

TRES

Audrey se desenredaba los cabellos con los dedos en un movimiento felino, que lo dejó sin aliento, pero respiró profundamente para evadir las artes de seducción de la chica, las cuales habían mejorado considerablemente con los años. Recogió el pantalón del suelo y empezó a colocárselo, mientras ella ni se inmutaba.

—Audrey vístete, es tarde… rápido. —Le pidió, y ella recogió su ropa y lanzó sobre el diván la capa. Se puso la falda y su blusa, sin detenerse a colocarse las pantaletas, ni el brassier. Calzó sus zapatos—. Sígueme. —Ella obedeció y él salió del camerino, encontrándose las luces apagadas—. No… no ¡No puede ser! —exclamó desesperado, casi arrastrando a la pelirroja a la cual tomaba por un brazo.

—¿Qué pasó? —preguntó ella sin comprender.

—Creo que nos han dejado encerrado. —Respondió.

—¿Crees que nos han dejado encerrado? Eso es imposible, Nicholas. —La voz denotaba la angustia que inmediatamente se apoderó de ella—. ¿Cómo es posible que se larguen y no se cercioren si estabas o no en tu camerino? La luz estaba encendida, tuvieron que darse cuenta por la rendija inferior de la puerta —protestaba Audrey molesta y temerosa.

Caminaron hacia la puerta principal y se encontraba cerrada, Nicholas giró el pomo con energía y tiró de la puerta, pero no cedió. Estaban encerrados en el área de los camerinos.

—No me gusta que me molesten, solo doy permiso para que entren por la mañana —explicó él, sintiéndose frustrado.

—Yo no me puedo quedar aquí, tengo que irme, tengo que salir de aquí, tiene que haber otra salida. —Audrey se encontraba realmente asustada y desesperada, no podía pasar la noche fuera del hotel donde se estaba hospedando con la familia de su prometido.

—No… no la hay. ¿Acaso no te has dado cuenta de que es un callejón sin salida? —inquirió molesto.

—Yo no quiero pasar toda la noche aquí y menos contigo, no puedo —hablaba empezando a caminar de un lado a otro, amenazando con hacer una zanja en el piso con sus tacones.

—¿Y crees que yo quiero estar a tu lado? —inquirió con furia ante las palabras de la Audrey—. Si no te hubieses aparecido desnuda en mi camerino, nada de esto hubiese pasado, yo estaría… ¡No eres más que un desastre! Solo sirves para un buen revolcón nada más. —Se alejó dando largas zancadas.

—Al menos para algo sirvo, no como la estúpida lisiada de tu prometida ¡Impotente! —Le gritó colérica.

Nicholas ignoró el cometario satírico de la chica y continuó hasta su camerino, lanzando la puerta. Agarró una de las botellas de aguas y la destapó, bebiéndose el líquido de un solo trago, aunque estuviese caliente. De alguna manera debía calmar la rabia que lo estaba calcinando, porque si algo odiaba, era dar explicaciones y al día siguiente debía exponérselas a Susana, entonces ella empezaría con su llanto estúpido cargado de reproches.

Audrey se sentó en el suelo en medio de la oscuridad, mientras imaginaba a su futura suegra buscándola en su habitación, para ir por Malcom a la estación de trenes y no estaría. Debía ir planeando una excusa sumamente creíble.

El tiempo pasaba y ella no enhebraba nada, se sentía exhausta y el calor la debilitaba físicamente, sumiéndola en un sopor que término venciéndola, hasta que se quedó completamente dormida.

Cuando sus ojos se abrieron nuevamente después de unas cinco horas en un sueño profundo, se encontró sobre el diván y no en medio de la oscuridad. Desconcertada sin saber cómo había llegado a ese lugar, supuso que tal vez había caminado dormida. Joshua, su hermano se lo decía, que de pequeña lo hacía muy seguido, pero nunca le creyó.

El olor a humo inundó sus fosas nasales, sabía que Nicholas estaba fumando, aun cuando el paraban le bloqueaba la visibilidad. Se puso de pie y se encaminó hasta donde se encontraba el actor. En silencio admiró esa sensualidad y elegancia que emanaba con solo fumar y alumbrado por la triste luz de una lámpara en la mesa a su lado.

—¿Qué hora es? —preguntó ella, rompiendo el silencio, y la reacción tranquila de él fue como si supiera que llevaba minutos observándolo.

Estiró la mano y agarró un reloj de pulsera que reposaba al lado de la lámpara y el cenicero.

—Son las dos y diez —contestó con voz profunda.

—¿Cómo llegué aquí? —Caminó y se sentó frente a él en el banco de la peinadora.

—Eres sonámbula… ¿No lo sabias? —inquirió, mirándola y elevando una ceja con sarcasmo. Esa era la excusa para no explicar que él la había traído en brazos.

—No soy consciente de ello, pero Joshua me decía que de pequeña lo era —acotó y su voz se tornó ronca.

—Me enteré de lo de Joshua por los periódicos, aun cuando no era santo de mi devoción, siento lo que pasó. —La voz de él era suave como el terciopelo y profunda como el mar. Demostrando que lo que decía en serio lo sentía.

Joshua había sido su compañero de clases, pero era un reverendo hijo de puta que se creía superior a todos los demás, por eso nunca empatizaron.

—Está bien… —susurró y apretó los labios para que Nicholas no viera que temblaban ante las ganas de llorar, quizá porque cuando alguien conocido le recordaba lo sucedido con Joshua el sentimiento la golpeaba con fuerza.

—Creo que no merecía, lo que le pasó —continuó, tratando de reconfortar a la pelirroja, aunque hubiera una gran distancia entre ellos.

—Está bien… —repitió y la voz ahora le vibraba.

—¿No quieres hablar de ello? —Sabía perfectamente que tocar ese tema debía ser doloroso para ella, pero de cierta manera le gustaba verla sufrir. Eso la hacía más humana ante sus ojos.

Audrey negó con la cabeza y clavó la mirada en sus rodillas, tragándose las lágrimas para no llorar delante de Nicholas. No lo haría, solo que recordar el momento en que encontraron a Joshua a orillas del lago Michigan con veintisiete impactos de balas, removía nuevamente todo ese dolor y desesperación, además de la impotencia de saber a los culpables campantes.

—Me das un cigarrillo. —Le pidió, buscando la manera de controlar sus emociones, y bien sabía que fumar le ayudaba en demasía.

—Solo me queda este, podemos compartirlo… Ven aquí. —Estiró la mano haciéndole la invitación.

Audrey se puso de pie y acortó la distancia, parándose a un lado de él, tendiendo la mano para que le diese el cigarrillo, pero el castaño la tomó por la muñeca.

—Siéntate aquí. —Más que pedirle le ordenó, halándola hacia él.

Audrey elevó una de sus piernas y la pasó encima de las del chico, sentándose a horcajadas. Iba a quitarle el cigarrillo, pero él negó con la cabeza, alejándolo del alcance femenino, para después acercarlo a la boca de ella, mientras él lo sostenía, admiró como los labios casi rojos naturales se cerraron sobre la colilla, y eso para Nicholas fue una explosión excitante.

Audrey aspiró el cigarrillo y retuvo el humo el tiempo necesario para disfrutar las sensaciones del narcótico en su paladar. Elevó la cabeza y soltó lentamente el humo hacia arriba, sintiendo como las yemas de los dedos de Nicholas pasearon lánguidamente por su garganta, y en un acto reflejo ella danzó contra él, lento, muy lento.

Bajó la cabeza y ancló la mirada en los ojos entornados de Nicholas, quien le daba una calada al cigarrillo, mientras retenía el humo. Llevó la mano libre a la parte posterior del cuello femenino y la acercó a centímetros de su rostro, soltando el humo lentamente contra los labios de Audrey, quien los separó y se bebió la fumada de Nicholas.

—Desabotóname la camisa. —Otra orden que rozó los labios de ella.

Audrey quiso besarlo, pero Nicholas la retuvo por el cuello al tiempo que repetía el mandato, y ella sin la voluntad para negarse buscó a ciegas los botones de la camisa y con lentitud empezó a deshojarlos.

—Dame otra fumada. —Le pidió acercándole el cigarrillo, y ella lo hizo sin dejar de lado la labor de abrir la camisa, imitando la manera de él al soltarle el humo sobre la boca.

—¿Cómo lo haces Audrey? —preguntó mirándola con tanta intensidad, que Audrey se sentía a las puertas de un orgasmo solo con ese gesto.

—¿Cómo hago qué? —La voz de ella se convirtió en un murmullo que solo eran capaz de entender los amantes en medio de la excitación.

Nicholas no le dio ninguna respuesta, solo apagó la colilla en el cenicero. No le diría que quería saber cómo hacía para embrujarlo, solo dos noches envolviéndolo con su sexo y sensualidad y lo había llevado a terrenos inexplorados.

Audrey terminó de desabrochar la camisa y voló con sus manos a los hombros masculinos, deslizando suavemente la prenda, la cual terminó en el suelo con la ayuda de él. La chica llevó sus manos al botón del pantalón, pero la voz de él la detuvo.

—No… todavía no, quítate la blusa y déjame morder tus pezones. —Los aludidos se irguieron de inmediato, dejándose apreciar fácilmente a través de la seda azul rey, les urgía que el verdugo cumpliera su promesa de torturarlos, por lo que ella empezó a desabotonarse lentamente la blusa, admirando al león de melena oscura y despeinada.

Nunca había visto a Nicholas tan salvaje y tan sexual, sus ojos más oscuros de lo normal y sus facciones endurecidas por el deseo. Sin preámbulo, asaltó uno de sus pezones apenas los vio liberado de la seda, arrancándole un grito ahogado de placer, y ella en un acto reflejo, llevó sus manos a los cabellos castaños oscuros, apartándolos del rostro masculino, para que no fuesen impedimento en el festín que Nicholas se daba con sus senos.

Cuando se quedó sin aliento y sació la necesidad, al menos por el momento, se alejó admirando con morbo los óvalos rojos que había creado en las colinas con su boca, y como resplandecían a causa de su saliva.

—¿Ahora qué hago? —preguntó ella con voz agitada, y él elevó la comisura derecha en una sonrisa sensual.

—Eres astuta, has entendido rápidamente de qué trata el juego, ¿sientes como estoy? —Le preguntó refiriéndose a su excitación, y ella asintió en silencio—. Tócame, libéralo y dale un poco de cariño. —Le pidió.

—¿Quieres que utilice mi boca? —preguntó con irónica sensualidad.

—¿Sabes usarla? —inquirió con un jadeo de placer atravesándolo.

—Podría sorprenderte. —Elevó una ceja, dejando claro que sabía cómo hacerlo.

—Sorpréndeme. —Pidió el castaño, tratando de relajarse para disfrutar de la función que la pelirroja estaba a punto de darle.

Audrey se deslizó como una gata y se puso de rodillas, ubicándose en medio de las piernas masculinas. Liberó lentamente el pene de Nicholas, y él a los minutos se encontraba jadeando ante la sorpresa que lo conducía al cielo.

—Suficiente... —dijo casi sin aliento—. Quítate la falda rápido, te sientas sobre mí y te dejo rienda suelta—. Ella lo hizo sin chistar.

Audrey danzó, ascendió, descendió, cuantas veces quiso y necesitó para conseguir y brindar un orgasmo intenso, mientras se besaban con ardor.

En medio de la lujuria y el desenfreno los dientes de ella se aferraron al lóbulo de la oreja de Nicholas, marcándolo, al igual que él dejó huellas en el cuello femenino.

CUATRO

He desaparecido de mí y de mis atributos,
soy presencia solo para ti, he olvidado mis enseñanzas,
pero al conocerte he llegado a ser una escolar,
he perdido toda mi fuerza, pero con tu poder soy capaz.

Las lágrimas que resbalaban por las mejillas de Susana eran el drama materializado, mientras Nicholas la miraba en silencio sentado frente a ella, y armándose de paciencia. Meditando en silencio las palabras que le soltaría.

La chica de cabellera rubia y lisa bajó la mirada a sus muslos, sin poder retenerle la mirada a su prometido y un solloza hizo que su cuerpo se estremeciera suavemente, apreciándose con facilidad en los hombros, anunciando la etapa cumbre de su tragedia.

—Es que… no puedo creerlo… Nico —dijo en medio de sollozos, sin levantar la mirada.

—Si no puedes creerlo, no puedo hacer nada Susana. —Sus palabras salieron con lentitud, sintiéndose cansado ante la situación.

—¿Susana? Sólo me dices así cuando estás molesto. —Levantó la cabeza mostrando sus ojos celestes ahogados en lágrimas—. Soy yo la que está molesta Nicholas, me has abandonado todo este tiempo.

—Bien sabes que no he estado jugando. ¿Y cómo no quieres que esté molesto si sólo me recibes con reproches? Hasta flores te he traído. —Expuso lanzando el ramo de rosas sobre el sillón de al lado.

—¡Marchitas! —exclamó sorprendida ante el descaro de él.

—Pasaron toda la noche encerradas conmigo a una temperatura de treinta grados. ¿Qué esperabas? —inquirió alzando un poco la voz, mientras retenía de un hilo los estribos de su autocontrol.

—Que al menos tú las compares, sé perfectamente que son de los detalles que te han dado esas resbalosas que siempre te esperan —reprochó tratando de contener su ira y sus celos.

—Te he dicho mil veces que respetes a mis admiradoras. —Dejó libre un suspiro—. Creo que mejor me voy y regreso cuando se te pase un poco la histeria —acotó poniéndose de pie.

—Nico no te vayas, dijiste que almorzarías conmigo. —Abrió los ojos desmesuradamente al verlo levantarse, no podía creerlo, se marcharía como si nada, esa acción dejaba en evidencia lo poco que le interesaba.

—Si lo hago no haré digestión. —Le hizo saber encaminándose a la puerta, decidido a marcharse porque no estaba de ánimos para soportar reproches.

—Nico espera, por favor... —Al ver que él no se inmutaba, le tocaba recurrir a su trillado método, por lo que se impulsó con sus manos en la silla de ruedas y se lanzó al suelo, sin importarle el dolor que el golpe le provocara, solo hacia lo que estaba a su alcance para obtener la atención del hombre que amaba.

«¡Mierda!», exclamó Nicholas mentalmente, poniendo los ojos en blanco al escuchar el golpe.

Siempre le hacía lo mismo, porque sabía que él no poseía el valor para marcharse y dejarla ahí tirada, por lo que se volvió y se acercó a ella, quien lo miraba suplicante. La cargó en brazos y estaba por sentarla en la silla cuando ella le pidió.

—Mejor llévame a mi habitación, por favor —suplicó con los ojos ahogados en lágrimas puestos en los de él.

Nicholas trató de liberar un pesado suspiro, nivelando nuevamente su balanza de paciencia, al tiempo que se dirigía a la habitación de la joven, que se encontraba en la planta baja, ya que debido a su discapacidad se le hacía imposible subir escaleras.

Al llegar a la habitación la colocó en la cama y le ayudó quitarse los zapatos.

—¿Estás cómoda? —preguntó al tiempo que le acomodaba las almohadas en la espalda. Ella asintió en silencio—. Bueno, entonces me marcho, regresaré en un par de días. —Le hizo saber, depositándole un beso en la frente. Se incorporó y ella lo retuvo tomándolo por el brazo.

—Nico, quédate por favor. Sólo tienes media hora que llegaste y teníamos mucho tiempo sin vernos, disculpa mi desconfianza. Creo lo que me has dicho, ya verás se lo voy a reclamar a Robert —dijo con una tímida sonrisa, en un cambio drástico de ánimo—. Te contaré cómo me fue en la reunión de bordado que hicimos esta semana aquí en casa —siguió contando ilusionada.

—No soy un niño para que reclames nada —acotó el chico, a sabiendas de que sólo buscaría información con Robert. Averiguar si había sido cierto lo que le había contado, aun cuando todos en el teatro se dieron cuenta del hecho, aunque tuvo que mantener a Audrey escondida hasta que pudo sacarla sin que nadie la viese. Simplemente no quería que Susana se metiera en su vida.

Todo el tiempo se maldecía por aquella noche que bebió más de la cuenta, y se empeñó en conducir, sin importarle que su «amiga Susana» fuese su acompañante, todo terminó en desgracia. Ella invalida, con todos los sueños aprisionados entre la carrocería retorcida, y él obligado a quedarse al lado de una mujer que no amaba, porque bien sabía que había sido su culpa y que ningún hombre aceptaría a una discapacitada, pensó que sería más fácil, que en algún momento se sentiría atraído por ella, pero realmente nunca logró verla, más que esa amiga a la que le contaba sus penas, y que también había perdido, porque de esa Susana comprensiva no quedaba nada, desde que le ofreció, por culpa, ser su novio, ella había cambiado totalmente.

—Está bien, no le diré nada. —Le dijo sonriendo dulcemente, tratando de esconder su verdadera intención, ya que no se quedaría tranquila hasta corroborar si había sido cierto, que Nicholas la había dejado plantada la noche anterior porque se había quedado encerrado en el teatro—. Me pasas por favor mi cesta de bordados. —Pidió señalando el objeto en una esquina de la habitación.

Nicholas se puso de pie y le acercó lo que le pedía, colocándolo sobre la cama.

—Te tengo un regalo —dijo emocionada, rebuscando en la cesta—. Ven, siéntate aquí. —Le suplicó palmeando un espacio en la cama.

Nicholas no se negó, tampoco era que Susana fuese una leprosa como para no sentarse junto a ella, y a pesar de todas las estupideces que cometía y decía, había aprendido a tenerle cariño. Algo fraternal, nada más, por más que se había obligado a amarla durante estos años, no lo había conseguido.

Susana sacó una bufanda de lana negra, que ella misma había hecho, y se la acomodó en el cuello.

—¿Te gusta? —Le preguntó, mientras él admiraba la prenda.

—Sí, muchas gracias Susie, la usaré en otoño e invierno, me ayudará mucho para esconderme de los periodistas. —Se acercó y le depositó un beso en la mejilla.

Nicholas se alejaba y ella se armó de valor. Llevó con rapidez las manos al rostro de él y lo asaltó con un beso en los labios. Él no correspondía, pero ella lo hacía eufóricamente por los dos, aventurándose con su lengua, mientras que sus manos empezaron avivadamente a desabotonar la camisa del chico, quien le detuvo los movimientos al cerrarle las muñecas.

—Susie… Susana… para, detente… —Le pedía en medio de besos que lo abordaban sin permiso, sintiendo la lengua de Susana como si fuese la de una serpiente, hizo más fuerza y se alejó—. ¡Qué te detengas Susana! —Le exigió, mirándola a los ojos y en tono rudo. Ella lo miró asombrada y con la respiración agitada ante la excitación y las lágrimas que subían por su garganta le dijo:

—Sé que te doy asco —murmuró con la voz ahogada y bajando la mirada.

—No es eso, Susie… soy hombre y si me besas de esa manera podría no detenerme, podría irrespetarte. —Esa fue la primera excusa que se le vino a la mente, no le daba asco, pero tampoco la deseaba.

—Yo no quiero que te detengas, no quiero que me respetes… quiero que me hagas tu mujer… Llevamos cinco años y ni me tocas, ni me besas —reprochó, acercándose a él una vez más y halándolo por la camisa, la cual empezó a desabotonar rápidamente, con una de sus manos le haló la bufanda y empezó a besarle el cuello.

Nicholas se resistía, pero tampoco quería ser brusco con ella, la alejaba colocándole las manos en los hombros, pero al parecer la excitación le daba fuerzas.

—Te deseo Nico, yo tengo necesidades, soy una mujer que necesita de su prometido —hablaba al tiempo que le bajaba la camisa.

—Tu madre, Susana, tu madre puede entrar —le recordaba entrecortadamente, tratando de encontrar la salvación.

—No, ella no está en casa, estamos solos amor —susurró con voz agitada.

«¡Demonios! Precisamente hoy se antojó de salir la vieja», exclamó en pensamientos. Aunque no quería, tuvo que ser brusco y alejarla.

—Lo siento Susana, soy un caballero y no puedo irrespetarte aun cuando tú quieras. —Apoyó la rodilla en la cama y se incorporó colocándose la camisa, que ella casi le quitaba.

La vista de la rubia se anclo rápidamente en la marca que estaba en su hombro, sintiendo como emociones se estrellaban en su interior y en ese momento era un volcán que estaba a punto de entrar en erupción.

—Te quedaste encerrado anoche… ¿Solo? —preguntó en un hilo de voz.

—Yo mejor me voy Susie, después hablamos. —Nicholas sabía de qué ella había visto el mordisco en su hombro.

—Eres un cobarde… Ahora te vas, esa marca en tu hombro… estuviste con una mujer y no te atreves a negármelo —enfrentó dolida y molesta.

—No te lo voy a negar… sí he estado con otra mujer, tenía mucha presión encima y necesitaba liberar un poco de tensión, sólo eso.

—¿Y por qué buscas en otra lo que yo te puedo dar? Te lo he dicho muchas veces Nicholas, te deseo.

—Porque tú eres mi prometida, porque te debo respeto, contigo no puedo coger… —Le dijo alzando la voz, al sentirse acorralado—. ¡Contenta! Contigo tiene que ser especial.

—¿A qué le llamas especial? Porque soy tu prometida voy a morir virgen. ¿Acaso piensas beatificarme? —Inquirió—. Dices que no me tienes asco, pero únicamente es de la boca para afuera.

—No Susana, no me vengas con tu melodrama de auto desprecio… Tiene que ser especial, porque hay una gran diferencia entre coger y hacer el amor, quiero que cuando haga el amor haya sentimientos de por medio, miradas y caricias que hablen, besos que te roben el alma, no el simple acto físico… —hablaba cuando ella intervino:

—Tiene que ser intenso y sutil, apasionado y tierno, me lo has dicho cientos de veces, es la misma excusa, es un libreto que te sabes de memoria desde hace cinco años. ¿De dónde lo copiaste Nicholas? —Inquirió sonrojada por la molestia.

—No hay solución Susana, yo me largo, cuando no tengas nada que reprocharme, entonces me llamas, pero que no sea en media hora… Que sea cuando de verdad no tengas nada que escupirme en la cara. ¡Hago lo que puedo! —exclamó sintiéndose molesto y desesperado—. ¡Sabes que lo hago! —Salió y cerró la puerta fuertemente.

—No… no lo haces, no eres más que un hipócrita —susurró sola en su habitación y se lanzó sobre la cama a llorar, sintiendo devastada.

Ese hombre no la amaba y ella lo idolatraba, había hecho todo por él, hasta había expuesto su propia vida para poder tenerlo a su lado, pero Nicholas nada de eso valoraba, no sabía si el sacrificio de haber terminado postrada en una silla de ruedas merecía la pena.

CINCO

Audrey se encontraba sentada en una camilla, con el cuello y la mano izquierda vendada, era algo exagerado, pero se lo exigió al doctor. Su voz temblorosa ante las lágrimas que corrían por sus mejillas hacía de su espectáculo un éxito, al ver cómo la miraban Malcom y sus futuros suegros.

—Yo corrí lo que pude, pero igualmente me atacaron, eran docenas de abejas, no sé de dónde salieron, ni siquiera sé quién me trajo al hospital…Me han dicho que corrí con suerte, ya que solo fueron dos piquetes… ¡Pude haber muerto! —exclamó y soltó un sollozo, abrazándose a Malcom, quien correspondió al gesto, mientras ella lloraba en medio de pucheros.

—Tranquila amor, ya pasó —susurró, acariciándole la espalda.

Audrey cerró los ojos al recordar el sacrificio que tuvo que hacer. Al salir del teatro se encaminó lentamente por la calle, mientras pensaba en alguna excusa convincente. Fue el cristal de una tienda la que le hizo percatarse del gran moretón que tenía en el cuello y maldijo a Nicholas, logrando con eso desesperarse aún más.

Siguió caminando y se sentó en la banca de un parque cercano, perdiendo su mirada en los rayos de sol que se colaban por el follaje de los árboles. Alzó la mirada a las ramas y ahí encontró su mejor excusa.

Un panal de abejas se encontraba colgando de una de las ramas y no estaba tan alto por lo que subió a la banca y respiró profundo, armándose de valor estiró el brazo para agarrar una abeja, lo cual hizo rápidamente, pero un grito de dolor se le escapó cuando otra le aguijoneó el dorso de la mano. Sin siquiera pensarlo, se llevó la que tenía prisionera entre los dedos e hizo que le picara en el cuello justo donde Nicholas le había dejado el moretón, ahogó el jadeo de dolor y cerró los ojos fuertemente.

Respiró profundo y se bajó rápidamente al ver que las abejas estaban descontrolándose. Caminó tan rápido como pudo y detuvo un taxi, pidiéndole que la llevase a un hospital, mientras sentía la mano y el cuello hinchársele ante los aguijonazos, así como también el ardor y dolor la torturaban.

Después de que la asistieran, pidió prestado un teléfono y llamó al hotel, diciéndole a su suegra que se encontraba en observación desde la noche anterior, y que por eso había desaparecido.

—Señorita Davis. —La voz de la enfermera hizo que abriese los ojos y se separase lentamente del abrazo del rubio—. El doctor le ha dado de alta, puede regresar a su casa y por favor guarde reposo.

—Gracias —susurró Audrey y vio salir a la enfermera, agradeciendo que no dijese nada que derrumbara el castillo de mentiras que había creado.

Al llegar al hotel pasó toda la tarde durmiendo. Necesitaba, reponer fuerzas, ya que la noche anterior apenas había dormido, y para su buena suerte, Nicholas protagonizó sus sueños.

Esa noche no hubo función en el teatro, y Nicholas pasó el día en su apartamento, repasando el libreto y estudiando otro, que para invierno empezarían a montar y quería estar preparado.

Él mismo se preparó el té que disfrutó mientras estudiaba, solo salió para cenar fuera, en un pequeño restaurante a varias calles de su residencia.

No pudo evitar que por momentos Audrey revoloteara en sus pensamientos, pero enseguida la espantaba haciendo que a esa mariposa se le desintegraran las alas. No la quería en su cabeza, ni en ningún otro lugar, no podía permitirse ningún tipo de acercamiento nunca más. Ya se había dejado seducir en dos oportunidades y no debía caer en una tercera, porque podría lamentarlo.

Esa noche Susana lo llamó un par de veces ya entrada la madrugada, él le pidió que llamase por la mañana porque debía descansar; sin embargo, ella insistió una tercera y él prefirió desconectar el teléfono, porque era peor que el insomnio que no le permitía cerrar los ojos. Hasta que por fin logró dormir y no se despertó sino hasta altas horas de la mañana.

Se duchó y salió a almorzar en el mismo restaurante al que había ido la noche anterior, no tenía ganas de preparar nada, tal vez por la tarde iría a visitar a Susana, solo si lograba armarse de paciencia.

La madre de Susana miraba a su hija desconcertada, al ver el interés de ella por salir, sobre todo, en hacerlo sola y más arreglada de lo normal.

—¿Hija estás segura de que no quieres que te acompañe? —preguntó con preocupación.

—No, mamá. Estaré bien —respondió alisando la falda de su vestido.

—¿Seguro que no vas a ver a Nico? Es que no quiero que estés humillándote. ¿Cuándo te darás cuenta de que no te quiere? Mi vida, al principio estaba de acuerdo con esto, pero yo creo que mereces algo más —susurraba acariciándole los cabellos—. Ese miserable no te merece.

—Mamá, te voy a pedir que por favor que no insultes a Nico.

—Es que solo estás obsesionada con él, ya es hora de que te hagas feliz, que tú misma te valores.

—¿Cómo piensas que lo haré? —preguntó clavando la mirada en sus muslos.

—No estás lisiada Susana, puedes volver a caminar, solo si asistieras a las terapias, podrías lograrlo.

—No quiero ir a terapias, solo quiero que Nico se case conmigo. ¡Que cargue conmigo! Por su culpa estoy en esta maldita silla de ruedas —exclamó molestándose, pero al ver cómo los ojos de su madre se llenaban de lágrima, se arrepintió del tono de voz utilizado—. Lo siento mamá… Te prometo que no voy a ver a Nico, voy a una reunión con una amiga que tenía mucho tiempo sin ver… Nico me quiere y te darás cuenta muy pronto, cuando por fin te demos la fecha de matrimonio. Ya lo verás, ayer que vino a visitarme… —Hablaba y bajó la mirada sonrojándose—. Me acompañó a mi habitación y me besó… Me dice que no puede aguantar, que quiere hacerme su mujer, pero que no lo hace porque es un caballero y me respeta. ¿Lo ves? No puede aguantar —mintió elevando la mirada con el rostro arrebolado, y su madre la miraba con cierto pudor, pero sobre todo agradecida porque su hija fuese tan comunicativa con ella.

—En ese caso, no insistiré más —le dijo cariñosamente y le dio un beso en la frente.

—Gracias mami —susurró sonriente—. Axel —llamó a su chofer, quien la cargó en brazos y la depositó dentro del auto.

Susana agitó su mano y le sonrió a su madre en señal de despedida, y la señora le correspondió de la misma manera, se quedó observando hasta que el vehículo se perdió de su vista, para después entrar a la residencia.

La señora James, creyó en la palabra de su hija, en el momento en que Nicholas llegó a la casa con un ramo de margaritas de diferentes colores, y se sorprendió al saber que no se encontraba en casa.

Ella no quiso darle ningún tipo de información, sobre el paradero de su hija, y no pudo evitar hacer un mal gesto cuando él le dijo que la esperaría, al menos por media hora.

Nicholas se sentó en el mismo sofá que siempre lo hacía, y la señora James lo hizo frente a él, admirándolo y haciéndole sentir como un bicho bajo el lente de un microscopio, manteniéndose en silencio y creando un ambiente tan denso que podría contarse con un chuchillo.

—¿Puedo? —preguntó él al fin sacando un cigarrillo.

—Lo dejaré solo, si necesita algo me llama —dijo poniéndose de pie y alejándose del chico.

Nicholas soltó un pesado suspiro, para llevarse el cigarrillo a la boca y encenderlo, fumando lentamente para que el tiempo pasara mucho más rápido. Le daba la tercera fumada cuando, vio venir a la señora del servicio con una bandeja en la cual traía, agua y té.

Él le agradecido con un gesto y prefirió el agua, observando detenidamente el fondo del vaso y que no tuviese ninguna coloración distinta, no era que pensara que su suegra intentaría envenenarlo, simplemente era algo exigente con las bebidas y alimentos.

La madre de Susana se encontraba en una mecedora tejiendo en su cuarto de costura, cuando escuchó la puerta del frente, abrirse y cerrarse. Levantó la mirada al reloj en la pared y se percató de que Nicholas había esperado cuarenta y cinco minutos, después de un momento, regresó a la sala y observó sobre la mesa el ramo de margaritas.

Segunda noche de función y Audrey no se presentó, la primera noche esperaba hallarla al final de la función, nuevamente en su camerino, pero no apareció; sin embargo, guardó la esperanza de encontrársela a las afueras del teatro e hizo lo que tenía mucho tiempo que no hacía. Caminar, regresó caminando a su apartamento, tratando de disimular su apariencia al recogerse el cabello y esconderlo bajo un sombrero borsalino de fieltro suave en color negro. Llegó a su apartamento y no encontró rastro de la pelirroja.

La noche siguiente fue lo mismo, Audrey no se presentó al teatro, ni mucho menos en su camerino, al igual que la noche anterior, se fue a su departamento caminando, pensando que lo más seguro era que Audrey hubiese regresado a Chicago.

Llegó al edificio del apartamento que ocupaba desde hacía un par de años, seguro de que debía sacar de su cabeza y sus ganas a Audrey Davis.

El ascensor se detuvo y abrió sus puertas, caminó por el pasillo hasta la puerta de su apartamento, encontrándose con una caja grande, envuelta en un lujoso papel rojo escarlata, y un lazo de seda negro, una tarjeta resaltó a su vista.

El joven agarró la caja y leyó en la tarjeta "Nicholas" inmediatamente se le vino a la mente Susana, tal vez pidiéndole disculpa por haberlo hecho esperar dos días atrás, pero esa no era la caligrafía de la rubia, era mucho más estilizada, y si quería reivindicarse, hubiese escrito su diminutivo y no su nombre completo, sin embargo, tomó la caja y entró a su hogar.

Colocó el paquete sobre la mesa y haló la cinta de seda que elaboraba el lazo, el cual se deshizo fácilmente, quitó la tapa y lo primero que vio fue una máscara masculina, completa de yeso en color rojo intenso y barnizado, sin duda alguna era hermosa y sofisticada, por instinto se la llevó al rostro, comprobando que le quedaba a la perfección, pero al instante la colocó sobre la mesa, ya que la tela negra le llamó la atención, al sacarla, ante sus ojos se exponía una gran capa con capucha.

Hasta el momento no entendía nada y todo fue más confuso cuando al fondo de la caja encontró el cuento «La máscara de la muerte roja» de Edgar Allan Poe.

Sin duda alguna quien le envió eso, esperaba que se disfrazara de la muerte roja. Una sonrisa se dibujó en sus labios al ver el ingenio de la persona que eligió el vestuario, que no envió la máscara de la parca, sino algo más sutil, pero con el mismo significado.

Nicholas agarró el cuento que ya había leído y sabia de que trataba; sin embargo, lo hojeó, pasando rápidamente sus páginas, cuando se escapó un pequeño sobre y cayó a sus pies, se dobló y lo agarró. Sin perder tiempo lo abrió sacando una pequeña nota.

Te espero mañana a las diez de la noche, en la dirección que está en el membrete de la tarjeta, no olvides venir como la peste.
A.D

—Audrey Davis —pronunció el nombre en voz alta y una sonrisa sátira se ancló en sus labios—. Entonces no has regresado a Chicago, como pensé... siempre te ha gustado el misterio, no me gustan las sorpresas, pero esto de manera definitiva me excita, sabes cómo jugar —se dijo agarrando nuevamente la máscara, que definitivamente reforzada su decisión de cumplir con esa cita.

Necesitaba saber qué era lo que ella le tenía preparado, porque él estaba totalmente dispuesto a jugar.

SEIS

Me amo a mi misma, te amo, te amo,
me amo a mí misma, soy tu amante,
ven a mi lado, abriré la puerta a tu amor.

La función terminó en medio de ovaciones, muchas veces se sorprendía al ver el recinto completamente lleno después de tantas presentaciones consecutivas. Por algunos diarios, se había enterado de que muchos de los espectadores provenían del interior de país, y otros de algunas partes del mundo. Consagrando poco a poco el éxito internacional.

Había obtenido algunas propuestas para el cine, pero hasta ahora no se animaba, su pasión era el teatro, estar compartiendo con el público en vivo y directo, llenarse de esa energía que ellos desprenden, y que a través de una pantalla sería imposible percibir.

Karen lo retuvo un momento detrás del telón, pidiéndole el favor que la llevase a su casa, porque su esposo no podría pasar por ella, y necesitaba llegar temprano.

—Es que mi suegra no puede dormir a Lucas, tiene algunas mañas —le comentó su compañera de escena y amiga.

—Está bien, puedo llevarte, así aprovecharé y jugaré unos minutos con mi ahijado.

—¡Vaya! Recuerdas que es tu ahijado, yo pensé que lo habías olvidado —le dijo la chica con burla.

—No exageres Karen.

—Solo estoy bromeando, que amargado que eres Nicholas, no sé cuándo vas a cambiar ese carácter —acotó palmeándole un hombro y salieron del teatro.

Al llegar a la casa de Karen, se encontraron con el niño de un año, y cabello oscuro, dormido en los brazos de su abuela paterna, por lo que Nicholas no pudo cumplir su cometido.

Terminó por despedirse y en el quicio de la puerta saludó a Rodolfo, el esposo de Karen que justo llegaba, y quien aún siseaba al hablar algunas palabras por su acento español.

El castaño de ojos zafiro se despidió y subió a su auto, sabía que aún estaba a tiempo para ir a la cita de Audrey, pero había desistido, no podía seguir alimentando el fuego con el que jugaba porque podría quemarse, sabía que Audrey era peligrosa y no quería ser una vez más su víctima.

Su mirada se fijó en la caja que reposaba en el asiento trasero de su vehículo.

—Esta vez no tengo nada que perder, no tengo a quién perder… si ya nada importa, qué más da si termino por caer aún más bajo —se dijo mientras conducía a la dirección que estaba en el membrete de la tarjeta, que sin querer había memorizado.

Su mirada incrédula y sorprendida se posó en el edificio, según la dirección que recordaba.

Bajó del auto y elevó la cabeza para admirar el tétrico lugar que parecía estar abandonado, tal vez desde hacía algunas décadas, ya que la pintura estaba desconchada y estaba infestado de hongo. Realmente se encontraba bastante deteriorado; se encaminó al auto y abrió la caja. Sacó la tarjeta y verificó la dirección, era ese edificio, pero ¿por qué ese? Y no en el de al lado, el del frente o del fondo, este estaba deshabitado y producía espanto.

—Te has tomado el tema en serio —se dijo, y sin darse cuenta tragó en seco.

Nicholas se armó de valor, sacó la capa y la máscara, se encaminó sin colocarse ningún atuendo y subió los tres escalones, la puerta crujió fantasmagóricamente.

—¡Maldita loca! —exclamó en voz muy baja.

Al entrar, como era de esperarse, estaba completamente vacío atestado de polvo y telarañas. El piso de madera gruñía a cada paso que él daba, era como si se quejase por su peso.

Su mirada captó en el primer escalón de la escalera una vela encendida y a su lado un ramillete de gladiolos, según algunos supersticiosos asociaban a la flor con la muerte, otros con el erotismo y sensualidad, él no se iba por ninguno de los dos.

Debajo del tallo se encontraba una nota.

A la muerte se le toma de frente con valor
y después se le invita a una copa.

Nicholas sabía que era una frase de Edgar Allan Poe y que en ese caso él era la muerte, lo que quería decir que ella le estaba invitando a pasar y después tomarse una copa, su mirada se dirigió a la posdata.

P.D: Cuidado con las escaleras, podrías terminar en el sótano y no te quiero abajo, te quiero arriba, eso incluye mi cuerpo.

Una parte traicionera del cuerpo de Nicholas reaccionó con una pulsada de dolor y excitación, ante las letras expuestas en la nota.

Prosiguió con su recorrido, haciéndolo con precaución, mientras se preguntaba mentalmente: en qué piso se encontraba. Su camino era iluminado por las débiles llamas de algunas velas y el lugar cada vez era más tétrico.

Estás en el tercer piso, es el quinto.

Otra nota con otro ramillete de gladiolos no pudo evitar que una sonrisa curvara sus labios y prosiguió.

Ya en el quinto piso al final pudo ver como una débil luz se colaba por debajo de una puerta, y un aroma cargado de sándalo lo inundaba todo, lo que le hizo respirar mucho mejor; sin siquiera pensarlo, dejándose llevar por el morbo y el jugueteo, se colocó la capa y la máscara roja.

Acortó la distancia y antes de girar el pomo, inhaló profundamente y después exhaló rápidamente, sabía que ya no había marcha atrás y que debía afrontar el momento. Abrió y sus ojos recorrieron lentamente la escenografía, maravillosa.

El lugar era exactamente igual a como lo describía Allan Poe en el cuento. Cubierto completamente con colgaduras de terciopelo negro que abarcaban techo y paredes, cayendo en elegantes pliegues sobre una alfombra del mismo material y tonalidad, apenas tenía dos ventanas como de tres metros de alto y de ancho un metro y medio, los cristales eran escarlatas, el escritor los había denominado color sangre, en ese caso el autor describió la iluminación en la caldera del pasillo y que atravesaban los cristales, pero como las dos únicas ventanas que habían daban hacia afuera, Audrey optó porque la iluminación fuese interna.

Velas que se desgataban lentamente sobre candelabros góticos en los puntos cardinales de la habitación, lo que más le cautivó fue el gran reloj de ébano, que marcaba las diez en punto.

—La muerte de la máscara roja es inglesa —se dejó escuchar la voz cargada de sarcasmo de Audrey, quien se encontraba parada observando el exterior a través de una de las ventanas.

La pelirroja se dio la vuelta y se mostró ante Nicholas, llevaba un vestido negro con algunos bordados rojos, que se ceñía perfectamente a su cintura, con un escote que lo hizo tragar en seco, al ver las medias colinas de sus senos expuestas y relucientes que los incitaban a ser besados, un antifaz negro, con brillantes y plumas, era la guinda del pastel.

No recibió respuesta, solo lo vio ahí parado con la capa y la capucha que poco le dejaba ver la máscara roja, pero para ella era una muerte imponente, con una elegancia que lograba que sus piernas temblaran bajo su vestido.

Mientras se la comía con la vista a medida que se acercaba a esos ojos zafiros que brillaban fieramente a través de los orificios de la máscara, y si Nicholas fuese la muerte no sabría cómo controlarse, posiblemente su mirada ya la hubiese fulminado ante la intensidad, provocando que su vientre se contrajera ansioso.

Audrey se puso de puntillas y besó los labios de yeso rojo barnizado, con las yemas de los dedos acarició el borde de la mandíbula del mismo material, y la muerte no se inmutaba solo la miraba fijamente, como buscando algo en ella.

Nicholas, definitivamente se encontraba bajo un hechizo. Sentía su corazón latir como no lo había desde hacía seis años, se estaba sacudiendo el polvo y las telarañas, estaba bombeando ante un sentido, ante un sentimiento al cual no quería prestarle atención, no quería hacerlo. Era lo que su cabeza le gritaba, pero este no paraba en su desenfreno y sus nervios se alteraban en el mejor de los sentidos.

Se acercó y con sus nuevos labios de yeso, rozó la mejilla femenina, la cual le activó una alarma los sentidos y las pulsaciones de excitación, cuando ahogó un jadeo en su oído, ese sonido primitivo, junto al calor, el color, las texturas y el aroma a sándalo en el ambiente era lo más erótico que alguna vez hubiese experimentado, todo ese juego escalofriante le hacían hervir la sangre.

Audrey elevó sus cabellos con una mano, para darle mayor libertad a Nicholas, ofreciéndole su cuello para que lo recorriese de la misma manera que lo hizo con su mejilla. Recibió de él una profunda mirada, esa en la cual ella quería ahogarse y morir, sintiendo su corazón latir rápidamente, estrellándose de manera brusca contra su pecho, él se dio cuenta porque fijó la mirada en el subibaja intenso y desesperado de sus senos en el escote.

Y cayó en la tentación, rodó cuesta abajo, arrastrado por el pecado, se acercó al cuello femenino y acarició con labios y nariz de yeso, la piel suave como el mismo terciopelo que los envolvía, dejando la respiración tibia en las pulsaciones en su cuello. Su mirada zafiro se ancló en los latidos descontrolados que se apreciaban en la vena, y sin poder resistirse más, elevó la mano y la posó en la parte posterior del cuello, presionando con su pulgar el conducto de torrente sanguíneo, sintiendo los latidos palpitar contra su yema.

—¿Esto a qué se debe? —La voz de él se escuchaba ahogada por la máscara.

—También me gusta jugar, usted es la muerte y yo soy la reina.

—Egocéntrica, el de la obra es un príncipe. —La voz de él denotó cierta alegría, a causa de la gracia que lo embargó ante las palabras de ella.

—Sí, lo sé perfectamente, pero prefiero ser reina… gobernar absolutamente todo—. Llevó su mano entre la capa y tanteo el miembro del chico—. ¡Esta muerte tiene más vida de lo que pensé!
—La carcajada se ahogó en el oído de Nicholas, provocando que

113

él se estremeciera ligeramente—. Digamos que, si puedo provocar una erección en la muerte, podría gobernar el universo.

—Menos a la muerte, la reina tendrá que someterse a las torturas que en este preciso momento improvisaré. —Le advirtió con el tono más sensual que alguna vez hubiese poseído.

—Eso suena muy interesante. —La voz de ella fue un estallido sensual, y Nicholas caminó lentamente alrededor de ella, admirando el lugar y buscando su mejor método de tortura hasta que lo vio en las ventanas, pasó un brazo por encima de los hombros, cubriéndola con la capa y la guio.

Cuando contaba con catorce años la curiosidad lo dominaba y quería saber por qué su padre tenía reuniones los viernes por las noches y regresaba los sábados entrada la tarde. Esa era la rutina que marcaba Edward Mansfield, desde que él tenía uso de razón.

Dispuesto a enterarse, un viernes por la noche lo siguió a lo que era una especie de abadía, donde lo esperaron dos hombres que le ofrecieron una capa y una máscara parecida a la que él lleva puesta en ese momento, pero la de su padre en ese entonces era negra y dorada.

Su gran destreza, era escabullirse, por lo que buscó una entrada fácil, por uno de los lados laterales, rompió un vidrio y logró entrar, escondiéndose detrás de las esculturas de mármol. Absorto ante el lujo que reinaba en el interior, y como muchos hombres al igual que su padre, llevaban capas y máscaras, a ningún les supo el nombre, pues se llamaban de otra manera y Edward Mansfield en ese mundo era conocido como "La Fiera".

Ellos entraron a un salón y él subió las escaleras, al percatarse de la gran cúpula de cristal, desde ese lugar observó claramente el salón donde se llevaba a cabo una reunión.

Todos se quitaron las máscaras y eran en su mayoría hombre de poder, contó cinco duques entre otras personalidades influyente del Reino Unido, los símbolos y esculturas las grabó en su memoria y con el tiempo supo que era de la orden de los Illuminatis.

La reunión terminó, se colocaron nuevamente las máscaras y ellos se dirigieron a otro salón, por lo que él corrió alrededor de la cúpula, tratando de hacer el menor ruido posible, lo que presenció por más de cinco horas, lo dejó sin palabras y sin poder creer que su padre perteneciera a esa secta donde llevaron a cabo una orgía salvaje, en medio de torturas a las mujeres que ahí los esperaban,

Edward Mansfield, quien siempre se mostró ante él como un ser justo, no era más que un enfermo.

Con esto terminó de erradicar el poco respeto que sentía hacia él, fue por eso por lo que decidió largarse a América a buscar a su madre, y alejarse definitivamente de su padre porque temía que terminará involucrándolo en ese mundo.

SIETE

Nicholas llevó a Audrey frente a la ventana y la detuvo en ese lugar, con sus dedos bajó suavemente el cierre del vestido y desbrochó el sujetador, mientras la sentía temblar como una mansa paloma.

«No lo hagas más fuerte de lo que ya será Nicholas», pensaba Audrey, mientras sentía como la piel se le cubría en llamas ante la caricia posesiva de él paseándose por su espalda y cómo introducía la mano debajo de la seda de sus pantaletas, acariciándole las nalgas. «Has elegido muy mal lugar… muy malo», los suspiros salían sin poder controlarlos.

—Ahhh. —Un grito de sorpresa se le escapó al sentir como el chico había bajado bruscamente el vestido, dejando una montaña de tela a sus pies, quedando solo con las pantaletas, las medias y los ligueros.

De su cintura para arriba quedó completamente desnuda, unas manos grandes y varoniles recorrieron sus costados, arrancándole sacudidas de placer, hasta cubrir posesivamente los senos y masajearlos con intensidad, poco a poco bajó el ritmo.

—Estira los brazos —le pidió acercándose al oído de la chica, sabía que a través de la máscara su voz se ahogaba, tanto como el calor que sentía y se preguntó: ¿Como hizo su padre para aguantar tanto tiempo, con esa cosa puesta? Pero sobre todo sin besar a las mujeres, porque él en el instante sentía como si hubiese vagado por días en un desierto y la boca de Audrey era ese oasis que le brindaría el vital líquido; sin embargo, estaba poniendo a prueba su propia resistencia.

Tomó los brazos de la chica y le ayudó a que los abriese a cada lado, la instó a que diera otro paso hacia adelante casi rozando el cristal escarlata de la ventana, al ver que Audrey mantendría la posición, él estiro los brazos y tomó los cordones de terciopelo que reposaban a ambos lados.

—No… no lo hagas Nicholas, aún no —le pidió la chica, pero fue demasiado tarde, él haló los cordones y las colgaduras de terciopelo negro que fungían de paredes se descubrieron, siendo reemplazada la suave y pesada tela, por espejos.

Nicholas se dio media vuelta, se quitó la máscara y la lanzó sobre la alfombra, para admirar mejor el lugar que cobró un poco más de luz a consecuencia de las llamas de las velas reflejándose en los espejos, aumentando con eso su morbo.

No dijo una sola palabra y se volvió nuevamente hacia Audrey, quien había bajado los brazos, por lo que le acarició las caderas y metió una de sus manos por la seda negra, empezó a juguetear con los vellos cobre intenso, se acercó a ella y le susurró:

—Estira los brazos, si vuelves a bajarlos no te cogeré ¿entendido? —preguntó a ver si le había quedado claro.

—No te aguantaras. —Le siseó ella, mirándolo sobre el hombro, percatándose de que se había quitado la máscara y observó el rostro sudoroso y sonrojado por el calor. El golpeteo furioso de su corazón se instaló en la garganta, al verlo expuesto, aunque con la capucha aún quedaba gran parte de su fisionomía escondida.

Nicholas con la mano libre le tomó la mandíbula con posesión y la obligó acercarse, mientras que la que se encontraba instalada en el sur hurgaba con el dedo medio entre los pliegues de la pelirroja, abrió la boca lentamente, regalándole el aliento y casi rozando sus labios con los de ella.

—Ponme a prueba —susurró con la mirada en los labios femeninos, y retiró la mano con que estaba estimulándola.

Audrey vio en él convicción, por lo que estiró los brazos y en ella asaltaron odio y deseo, cuando lo vio sonreír de esa manera que le robaba el aliento, apoderándose de sus anhelos. Nicholas tenía tanto poder sobre ella que no sabía cómo iba a detenerlo.

El chico tomó uno de los cordones y lo envolvió alrededor de la muñeca, pasándolo por el dedo pulgar, para evitar que se soltase el amarre, lo hizo, pero no apretado, no quería lastimarla, no como lo había hecho su padre con esas mujeres. Sólo quería inmovilizarla y torturarla un poco, solo de placer, hacerla que se arrepintiera de haberlo buscado, ya que después de esa noche, se había jurado no buscarla nunca más. Aprovecharía que en dos días se iría de gira y se le perdería definitivamente. Agarró el cordón del otro extremo e hizo lo mismo con la otra mano, dejándola crucificada en el aire.

Apretó fuertemente los cabellos y le hizo nuevamente volver la cara, se acercó y le robó la razón con un beso que hizo que las piernas de Audrey flaquearan. Sintiendo ella la tensión en sus hombros, por lo que trató de reponerse con rapidez, él con la mano libre se retiró la capucha, quedando completamente al descubierto, para una vez más besarla arrebatadamente, introduciendo su lengua y recorriendo los espacios de la cavidad de la chica, atrapando la lengua de ella y envolviéndola con la de él.

—Eres pervertida, te gusta mirar. —Le dijo con la voz entrecortada por la falta de oxígeno que le dejó el beso.

—Y que nos miren también —susurró—. ¿Qué pasa si te digo que en estos momentos algunos de los habitantes del edificio del frente podían estar viéndonos, que a través de este cristal quedamos totalmente expuestos? —preguntó mirándolo a los ojos y acercándose más a él para besarlo.

—Entonces que disfruten de la función, ya sabes que me gusta en algunos momentos ser el centro de atención —acotó mientras empezaba a recorrer con sus manos el cuerpo femenino, a bajar lentamente las pantaletas. Se inclinó y empezó a besarle las nalgas, hasta que el instinto le gritó que las mordisqueara, arrancándole jadeos incontrolables a la pelirroja.

Nicholas se puso una vez más de pie y la bordeó, poniéndose a un lado acarició tiernamente el rostro femenino. Sin ser consciente que la miraba con intensidad y ternura, con deseo y con ese sentimiento que resurgía de las cenizas, como el ave fénix.

—Algunos podrían morir de la impresión al ver como la muerte somete a esta pobre damisela —susurró la chica mirándolo a los ojos, se acercó y rozó con su nariz los labios de Nicholas, que se abrieron y le regalaron un beso a esa nariz pequeña y altiva, agudizando la vista en las pecas rojizas.

—Es esa mi función —murmuró sin cerrar completamente los labios con los cuales acariciaba el rostro sonrojado.

—¿Someter? —preguntó, mientras Nicholas se deshacía de la capa y de la camisa con extrema lentitud.

Audrey elevó uno de sus pies y lo llevó a la hebilla del cinturón, indicándole que quería que se bajara los pantalones, mientras que se mantenía con un pie. Nicholas se bajó el pantalón, pero se quedó con la ropa interior y guio el pie de Audrey dentro de bóxer. Ella inmediatamente sintió el calor y la rigidez en los genitales masculinos, el ronco jadeo de él le indicó que le gustaba que ella jugueteara con sus dedos en esa parte y que poco a poco fuera bajando la prenda.

—Ocasionar la muerte. —Fue la respuesta de Nicholas, con la mirada fija en el rostro de Audrey decorado con el antifaz.

Susana desde el edificio del frente podía presenciar todo lo que estaba pasando, ni siquiera podía creerlo, su cuerpo temblaba, aunque su vista se encontrase nublada por las lágrimas, sabía que era él, que era Nicholas con otra mujer, con esa mujer que le aseguró que él le estaba siendo infiel y que le demostraría que así era para que no siguiera creyendo en sus promesas vacías.

Estúpidamente creyó que Audrey Davis era su amiga y no era más que una zorra que había seducido a Nicholas, y a ella la había engañado, arreglando todo para que fuera a ese lugar y los viera.

Sentía el corazón quebrársele en millones de pedazos, porque podía ver en Nicholas esas miradas, esas caricias, las que él decía que debería proporcionar cuando se hace el amor, aun cuando fuera algo aberrado lo que hacía con ella, por medio de miradas y caricias le está demostrando que estaba enamorado.

Su cuerpo se convulsionaba ante los sollozos; sin embargo, su mirada seguía fija en él, en el cuerpo magnifico que poseía y que desnudo era más atractivo, mucho más. Que era un hombre que podía enloquecer, que era dominante, pero tierno, mientras ella amarrada se retorcía ante los besos y caricias de él, quería ir y matarlos a los dos, pero no podía bajar las malditas escaleras. No le quedaba más que esperar a que su chofer pasara a buscarla.

Nicholas decidió ayudarle a Audrey y se quitó completamente la vestimenta, mientras ella se mantenía con las medias pantis negras de encaje en los muslos, por donde él la tomó y la levantó en vilo, entrando en ella, quien dejó libre un sonoro jadeo al sentirlo invadirla.

Se miraron por algunos minutos mientras él entraba y salía, una y otra vez, en medio de los cuerpos agitados por el placer desbocado. Nicholas desvió la mirada al espejo que rodeaba a la habitación, logrando que la lujuria aumentase al ver la escena de la cual él era protagonista.

Audrey fijó su vista a través del cristal agudizándola para poder ver la ventana del edifico del frente y sus labios se curvaron ante la sonrisa de satisfacción. Se mordió el labio inferior y echó la cabeza hacia atrás disfrutando de la plenitud que Nicholas le ofrecía.

—Siempre te he liberado, te haré libre —susurró ella ahogada en medio del deseo.

Una vez lo había hecho con Michelle, ahora lo haría con Susana, no descansaría hasta que dejase a Nicholas. No era más que un parásito que se alimentaba de él y le hacia la vida miserable, una mujer que no lo merecía.

—Aférrate a mí. —Le advirtió él, al tiempo que con una mano le deshacía el nudo del antifaz, lanzándolo a alguna parte de la habitación.

Audrey con sus brazos cerró el cuello de Nicholas aferrándose como si de eso dependieran su vida, mientras que lo sentía palpitar muy dentro de ella y sus piernas se cerraron aún más alrededor de las caderas masculinas, buscando desesperadamente la boca de él.

Ella lo sabía, presentía que el cielo no estaba tan lejos, que podría alcanzarlo y que Nicholas podría conducirla, todo eso lo sabía desde hacía mucho, en las maneras que lo imaginó y lo anheló.

Nicholas sin dejar de corresponder al beso, le dejó huérfana la espalda, estiró los brazos y haló los dos cordones al mismo tiempo liberándola rápidamente. La llevó al centro de la estancia donde los esperaban alfombras de visón a mitad del mar negro de terciopelo, cualquier lugar hubiese sido ideal, pero por algo Audrey había dispuesto ese pequeño sitio, y él lo había adivinado.

La dejó descansar sobre la alfombra, pero ella se aferró a él como una gata, y en medio de besos caricias y algunos empujes, se encontró sentado y ella encima, cabalgándolo con energía mientras que en las tres paredes su función se triplicaba, amenizados por el suave tic tac de los segundos del reloj de ébano y las embestidas de Nicholas se acoplaron al segundero del inmenso reloj.

Audrey sabía que era momento, él se encontraba perdido en ella y podía arrebatarle lo que quería, con lo único con que se quedaría de él. Buscó con su mano las tijeras, las cuales le habían quedado cerca, razón por la cual lo orilló a esa posición, las sacó debajo de la alfombra, y tomó la cola de Nicholas, justo arriba de la liga le corto el cabello, para que estos quedaran sujetos, como era de esperarse, él se percató y se detuvo en seco.

—¿Qué has hecho? —preguntó sin atreverse a cerciorarse.

—Algo que quiero para mí —acotó ella meciéndose sobre él para debilitarlo con eso.

—¡Estás loca! —exclamó, al ver cómo colgaba de la mano de ella su cola.

Audrey se alejó al ver la molestia en los ojos de él y lanzó lejos las tijeras, para que en el arrebato de ira no la lastimase, al menos no con las tijeras.

—¡Ven aquí! ¿Cómo se te ocurre? —preguntó halándola fuertemente por un brazo, y ella se volvió rápidamente, para salir de ahí, pero él no le dejaba levantarse, se apoyó con las rodillas y no podía, solo forcejaba, dándole la pelea.

En ese momento cayó a gatas y Nicholas al verla de esa manera tan dócil, olvidó sus cabellos por un momento, ya que con eso no había nada que hacer, por lo menos debía calmar su excitación, por lo que le soltó el brazo y la tomó por las caderas. Él se elevó y se puso de rodillas, asaltándola con la rabia que sentía en el momento, fuerte y hasta donde ella podía recibirlo, la escuchó jadear ante la rudeza y rapidez de sus acometidas; sin embargo, la desgraciada lo instaba a que no se detuviese, y él debía hacerlo por orgullo, pero no lo hacía, no podía hacerlo.

Al final en vez de castigarla, solo la premió por lo que hizo, al verle el rostro de satisfacción cuando alcanzó el orgasmo, y segundos después, cuando el reloj marcó la hora del puñal y sus campanadas irrumpieron en el salón, él se derrumbó sobre ella con el más agotador de los orgasmos; tal como en el cuento, ambos alcanzaron la muerte a las doce en punto. Al menos en el estado perfecto.

—Te voy a matar —susurró él acostado sobre la espalda de Audrey, quien resguardaba los cabellos bajo su cuerpo.

—Los quería para mí… y sé que no me los ibas a dar… tampoco te ha quedado tan corto —dijo sonriendo cansada, y un jadeo se escapó cuando Nicholas le azotó una nalga con fuerza, castigándola aun con su peso encima.

Audrey sentía la nalga arder y el miembro laxo de Nicholas, se acoplaba entre sus nalgas.

—Eres una maldita. —Le dijo con los dientes apretados.

—Y siempre lo has sabido —respondió ella, sintiendo una paz nunca experimentada, aun cuando el peso de Nicholas la ahogaba.

La reacción de él e inesperada por ella fue una lluvia de tiernos besos en la línea de su hombro, suaves y húmedos besos que caían sobre su piel, creando en su estómago un abismo.

—Si me los hubieses pedido, te los hubiese dado. —Le confesó acercándose y succionando el lóbulo de la oreja de la chica, quien escondió el rostro entre la alfombra, tratando de controlar las lágrimas que se alojaron en su garganta.

—¿Entonces no me los quitarás? —Inquirió con la voz ahogada por la piel de visón.

—Ya no podré hacer nada con ellos, pero tienes que dejarme que te coja una vez más. —Le pidió con malicia.

—Me la pones muy fácil Nicholas —acotó la chica sonriendo—. Podría pagarte con dos más, claro si quieres.

—Si te quedas hasta el amanecer, te daré mis barbas también —ofreció sonriendo, como ella nunca lo había escuchado, la risa de Nicholas era masculina y maravillosa, ahogándose en su oído.

—No traes barbas Nicholas, pero me quedaré hasta que no pueda más. —Le hizo saber sonriendo igualmente.

En ese momento él rodo sobre su lado derecho, quitando su peso del cuerpo femenino y se dejó descansar a un lado, mientras ella seguía boca abajo, ambos se quedaron mirándose a los ojos en silencio, descubriendo con las miradas cosas que empezaban a pasar en el corazón. Después de algunos minutos, él le tendió la mano para cerrar el trato.

—Trato hecho —dijo él estrechando la mano de la pelirroja, la cual escondía siempre su anillo de compromiso.

—Trato hecho —respondió mientras sus labios y su mirada sonreían, para después quedarse en silencio y continuar mirándose como si no hubiese mañana, las emociones amenazaban a Audrey, por lo que decidió hablar—. ¿Quieres que hablemos del pasado?

Nicholas negó con un movimiento lento de cabeza y ella solo hizo un gesto de comprensión.

—No hay nada de qué hablar, él pasado está enterrado, desde hace algún tiempo solo me concentro en el presente, y he descubierto, que es como hay que vivir… hacerlo de recuerdos no me llevará a ningún lado. Todos los días hay nuevas oportunidades que se deben aprovechar… cada instante las hay y no podemos dejarlas pasar, así que empieza a excitarme, vamos súbete en mí. —Le pidió y ella obedecido.

Entregándose nuevamente a los poderes de la lujuria y el desenfreno, sin comprometer las almas, o al menos eso esperaban, que solo fuera meramente físico, algo del presente sin ningún futuro.

Ya que Nicholas había decidido, que después de eso no la buscaría nunca más, ni mucho menos caería en la tentación. En dos días partiría a California y ni siquiera pensaba decirle.

Audrey por su parte, se entregó a Nicholas como si no hubiese mañana, con las ganas que él le despertaba. Una entrega total y plena, alcanzando el éxtasis perfecto, cuando estaba con Malcom, la llenaba, sabía hacerla delirar, con sus ternuras y en algunas ocasiones sus arrebatos, pero descubrió que Nicholas la enloquecía, la dominaba y la envolvía, que, aunque él intentó negarlo por mucho tiempo, tenía tanta malicia como ella.

Eran el complemento perfecto, pero se había prometido que Nicholas solo sería su despedida de soltera, una que decidió hacer en secreto, y no descansó hasta lograrlo. Estaba a un mes de casarse y en tres días regresaría a Chicago, se casaría y no lo vería nunca más, eso esperaba.

Susana era una vez más torturada, al ver como Nicholas se revolcaba por segunda vez con esa zorra, como con ella no se sentía cansado, y quiso matarla en el instante en que le cortó el cabello. Sólo quería esperar qué excusa le daría, cuando le preguntara qué le había pasado.

OCHO

Ven y quédate conmigo, seamos vecinos de las estrellas,

has estado mucho tiempo escondida a la deriva del mar sin fin de mi

amor.

Aun así, has estado siempre ligada a mí.

Tuvo que recurrir a un barbero para que le hiciera un corte prolijo, después de todo no le había quedado tan corto, como había pensado.

Estaba justo a la altura de la nuca y se le veía bien, como nunca lo había llevado. Siempre lo había tenido por los hombros, desde muy pequeño fue su estilo, y algunas veces exageradamente largo, hasta mitad de espalda, pero nunca había dejado su cuello libre; de esta manera sus rasgos se veían más varoniles. El cuello más grueso y la mandíbula más marcada. Se descubrió mayor y le pareció que representaba los veintisiete años que tenía.

Como era de esperarse, fue el centro de miradas en el teatro cuando llegó a preparar su equipaje con algunos objetos personales que siempre tenía en el camerino y que no podía dejarlos, como por ejemplo algunos libros y ensayos.

—¡Nicholas que sorpresa! Te ves guapísimo así. ¿Por qué te lo has cortado? ¿Cuándo decidiste hacerlo? —Karen lo bombardeaba a preguntas.

—Solo quise darle un cambio en mi apariencia. —Se limitó a dar solo esa respuesta, aunque ella era de su total confianza todavía no podía explicarle todo lo que estaba pasando con Audrey.

—Me parece genial, también deberías darle un cambio a tu vida que bastante falta que te hace. —Le aconsejó, refiriéndose a Susana, que bien sabía de no era de su agrado. Le dio un beso en la mejilla y lo dejó sin esperar la respuesta de él.

Nicholas dejó libre un suspiro y se encaminó a su camerino, mientras observaba a los empleados saliendo con cajas y baúles. Emprenderían el viaje a las nueve de la noche y aún faltaban muchas cosas por empacar.

Entró a su camerino y buscó una maleta de mano. La colocó abierto sobre la peinadora y empezó a guardar algunos libros, ensayos, una que otra tarjeta de seguidoras, que le expresaban cariño y admiración. Las cuales le gustaba utilizar como separadores de libros y así recordar siempre que ellas eran su más grande impulso para dar lo mejor de sí sobre el escenario, no podía y no debía defraudarlas.

Se dirigió al área de descanso, sobre el baúl de al lado del diván tenía el libro que estaba leyendo. Decidió abrirlo, para ver qué otro ejemplar llevaba, cuando se encontró con un sujetador negro, con encaje color ciruela, una sonrisa se apoderó de sus labios y una inmensa necesidad nació en su pecho; sin embargo, sacudió la cabeza en un intento por expulsar los pensamientos y sentimientos que lo embargaban.

Los agarró y los dobló, colocándolos sobre el cenicero, sacó el encendedor y a los segundos el sujetador ardía en llamas. Recordó que también había guardado unas pantaletas, las cuales buscó y les dio el mismo final que al brassier.

Sabía perfectamente que era lo mismo que debía hacer con los recuerdos de las noches de pasión y locura que vivió con Audrey Davis, debía convertirlos en cenizas y echarlos a volar para que no siguieran torturándolo.

Pero de algo le había servido la aventura con la pelirroja, estaba decidido a hablar con Susana. Tenía que bajarla definitivamente de la nube donde se encontraba, ya que él nunca podría estar a esa altura. No podía ofrecerle lo que le pedía, no podía amarla, no quería estar con ella, ni darle explicaciones, quería vivir para él y no para una mujer a la que no amaba.

No lo abandones nunca… no lo abandones nunca. —La voz de Michelle hacía eco en sus oídos. Él escuchó cuando ella se lo pidió a Susana esa noche, con eso condenándolo.

—Cómo carajo quería que fuese feliz, cuando acababa de decirle que no quería perderla, cuando quería que el tiempo se detuviera y hacer mi vida a su lado, pero ya no puedo más… no voy a seguir con esta carga. Ha llegado el día en que por fin voy a liberarme de este peso y que pase lo que tenga que pasar, dejaré mi conciencia fuera. —Se dijo con convicción.

Terminó de empacar y se encaminó a la salida con maleta en mano, a despedirse definitivamente de Susana.

Lo había decidido, quería darle un cambio a su vida, como tantas veces se lo había aconsejado Karen, aprovecharía el tiempo que estaría lejos, para que Susana se hiciese a la idea de la separación y no sufriera tanto, porque a pesar de todo no deseaba lastimarla.

Detuvo un taxi y subió, estaba resuelto a terminar la relación con Susana y hacer una pausa en su vida personal, no quería a nada ni nadie alterando sus emociones. Quería darse un respiro, sentirse libre y disfrutar de esa independencia que tanto anhelaba.

No quería darle muchas vueltas al asunto, porque si lo hacía su conciencia terminaría creando una excusa para hacerlo cambiar de opinión, por lo que resolvió, buscar en el bolso el libro que inspiró la obra de teatro y que los estaba consagrando exitosamente, y una vez más empezó a hojearlo, sin mucho interés ya que se lo sabía de memoria. Hasta que se encontró una nota y antes de leerla, no pudo evitar molestarse al encontrase una frase subrayada, le enfurecía que alguien agarrase sus libros sin permiso, y de paso tuviese el atrevimiento de rayarlos, su mirada voló nuevamente a la nota.

Es una de las mejores frases; sin embargo, la han omitido en el libreto, es mi favorita.

A.D

Era la misma caligrafía y las mismas iniciales, no tenía duda, era la letra de Audrey Davis, seguramente necesitaba algo en que ocupar su tiempo mientras se encerraba en su camerino y no encontró mejor distracción que subrayar sus libros.

Él sabía que habían sido muchos los diálogos y escenas que se omitieron para poder llevar a cabo la obra de teatro; sin embargo, le sorprendió que para ella fuese precisamente esa su frase favorita.

Al entrar a la casa de Susana, fue recibido por el ama de llaves, quien como siempre lo saludó con amabilidad.

—Buenos días, Serena.

—Buenos días, señor Mansfield.

—Podría anunciarme con Susana por favor. —Pidió de manera cordial.

—Disculpe señor, pero la señorita Susana no se encuentra, me ha pedido que de su parte le desee un feliz viaje. —Le hizo saber la mujer tratando de parecer cordial, pero ciertamente se notaba incomoda.

—He venido a despedirme y hablar algo con ella, Serena… es importante, ¿no sabes a qué hora regresa? Podría esperarla. —prosiguió el chico, no quería irse sin terminar con esa relación, porque no sabía cuándo volvería a encontrar el valor.

—No señor, solo me dijo que regresaría entrada la noche, que no podría verlo hoy.

—Bueno, entonces creo que no hay nada que hacer, dile que la llamaré desde la estación de trenes para despedirme, aunque si regresa temprano podrías informarme, y vendré al menos unos minutos.

—Claro señor, con gusto lo haré, que tenga feliz viaje y éxito en la gira —deseó en verdad.

—Gracias, Serena.

Nicholas se dio media vuelta y se marchó rumbo a su apartamento para preparar lo que restaba de su equipaje, y para descansar porque le esperaba un largo viaje.

Durante el trayecto a su residencia se vio tentado a averiguar en qué hotel se estaría hospedando la pelirroja, para al menos despedirse, y por qué no, agradecerle la compañía brindada los últimos días, pero al final la echó a volar fuera de sus pensamientos y desistió.

Susana lloraba descontroladamente sentada en su cama, mientras su madre la miraba con desaprobación al otro extremo de la habitación.

—Por favor, mamá. —Le suplicaba.

—Por favor nada, Susana, no lo ves más y punto, te prefiero solterona a que seas la burla del medio artístico, ¿acaso no fue suficiente con lo que me dijiste que has visto? —preguntó la mujer molesta. Ella no podía soportar ver como su hija se rebajaba. La gota que rebasó el vaso fue el tener que ir a buscarla, en un apartamento donde la habían dejado sola y a su suerte, desde donde supuestamente presenció cómo Nicholas le era infiel.

—Las cosas no son así mamá, yo estaba molesta y te dije cosas que verdaderamente Nico no hizo, si no lo veo más me moriré, te juro que lo haré —gimoteó desesperada.

—¡Deja de actuar como una estúpida adolescente! Ya no lo eres, por una vez en tu vida, valórate como mujer. —A la señora James le dolía las palabras que le decía a su hija, pero ya estaba cansada de ver cómo esa obsesión no la llevaba a ninguna parte, al principio aceptó cumplir el capricho de Susana porque creía que eso le ayudaría a superar su estado emocional, pero definitivamente Nicholas no la quería, ya él muchas veces había intentado dar fin a esa relación, aunque no de manera contundente y Susana no lo dejaba avanzar, lo peor de todo, era que ella la secundaba.

Tal vez por eso su hija se sentía apoyada, y con eso le ganaban al joven, pero ya no quería seguir lastimando a Susana, ni manipulando al hombre.

—¡Es que solo soy una maldita lisiada! Sin él mi vida no tiene sentido —exclamó llevándose las manos al rostro y cubriéndolo en un gesto meramente dramático.

—¿Y acaso tu vida tiene algún sentido con Nicholas? —inquirió, con toda la intención de hacerla razonar—. Susie estoy segura de que, si rehaces tu vida, si buscas la manera de caminar, encontrarás a un hombre, que verdaderamente te ame y te valore. Eres preciosa mi vida, eres joven… no tienes por qué obligar a que alguien permanezca a tu lado, no es justo para él ni para ti.

—¿De qué lado estás mamá? ¿Ahora prefieres a Nicholas? ¡Tu hija soy yo! Es por mi felicidad por la que tienes que velar. —Le dijo iracunda, mientras temblaba y las lágrimas se desbordaban sin control.

—No eres feliz Susana, deja el teatro, si todo el tiempo terminan discutiendo, ya no quiero eso para ti. Tu compromiso con Nicholas llega a su fin, yo no te voy a dar el consentimiento para que sigas con ese hombre, y no lo quiero más en mi casa. —Apuntó con convicción y acercándose a la puerta para salir de la habitación.

—Si no lo quieres yo me voy a morir, me voy a suicidar, ya no quiero vivir. —Amenazó a su madre.

—¡Hazlo entonces! Ya estoy cansada Susana, estoy cansada de tu egoísmo y tus niñerías, he dejado de vivir mi vida por ti y tú solo vives por alguien que no te merece, soy tu madre y al menos merezco un poco de tus ganas de vivir, pero si solo vives por él, entonces. —Se encaminó al armario y sacó tres frascos con medicamentos, ante la mirada atónita de la rubia, quien veía cómo su madre colocaba las pastillas sobre la mesa de noche y después le llenó un vaso con agua—. Aquí tienes… Te aseguro que no te voy a molestar, no te voy a socorrer.

La señora James salió de la habitación dejando a Susana hecha un mar de lágrimas y desorientada, mientras que la mujer se quedó parada al otro lado de la puerta, llorando ante su sufrimiento de madre.

Solo esperaba que el psicólogo no se hubiese equivocado y que debía hacerlo de esa manera. Dejar de sobreprotegerla y no dejarse doblegar por las amenazas de su hija. Tentarla, invitarle ella misma la muerte y que así no se sintiese el centro de atención.

******

El tren anunciaba por tercera vez la orden de abordar, por lo que Nicholas tuvo que colgar el teléfono de la cabina, después de haber llamado en varias oportunidades a Susana, y que no se pusiese al teléfono, se sentía extraño porque eso ya era normal. Ella siempre hacía el mismo drama cuando salían de gira y no la llevaba, pero por lo menos le contestaba las llamadas.

A él no le quedaron que invitarla nunca más a las giras, después de que la llevara cuando recién estaban comprometidos, fue una de las peores experiencias de su vida, se encargó de que ninguna admiradora se le acercara y si lo hacían ella iniciaba el tema de "Soy la prometida" sintiéndose superior a todas las chicas; además, de que no podía ver a un reportero porque lo obligaba a fotografiarse juntos y hacer énfasis en una próxima fecha de matrimonio.

Subió al vagón dispuesto para la compañía de teatro. Ubicó su camarote el cual le tocaría compartir con Ronald, pero él no se encontraba. Seguramente estaría fumando antes de que el tres partiera.

Colocó a un lado de la pequeña cama la malera de mano, sacó el libro que estaba leyendo, para hacer el viaje más entretenido y menos largo, recordando en ese momento, la nota que Audrey le había dejado entre las páginas.

Esperaba que lo que había hecho no fuese una locura, aunque estaba consciente de que lo era, pero se alentó cientos de veces a hacerlo, y se arrepintió, después de haberlo hecho, siendo demasiado tarde cuando reaccionó.

Claramente, se decía que solo había actuado por instinto, pensando con la entrepierna, jamás aceptaría que había seguido los dictados de su corazón.

NUEVE

Audrey se encontraba desayunando con Malcom en el restaurant del hotel Palace, sería su último día en Nueva York, ya que por la tarde regresarían a Chicago.

Los padres de su prometido retornaron, la noche anterior, por lo que el rubio se había escurrido a su habitación a media noche e hicieron derroche durante la madrugada, razón por la cual el desayuno lo tomaban a las diez de la mañana.

La pelirroja muchas veces se perdía en sus pensamientos, pero sobre todo en las comparaciones que no pudo evitar hacer mientras estuvo con Malcom, y a quien muchas veces llamó mentalmente Nico, disponiendo de su autocontrol para que su prometido no la descubriese.

Sería una mentirosa si dijese que no había disfrutado, que el chico no le había hecho alcanzar el cielo. La diferencia estaba en que Nicholas con un orgasmo le había hecho conocer a Dios, al dueño de los cielos a los cuales Malcom la transportaba.

Todo fuese realmente perfecto, si pudiese quedarse con los dos, al mismo tiempo, en la misma cama, tal vez algún día podría presentarlos.

Malcom era un hombre que le gustaba aceptar retos, le gustaban los juegos y no sería primera vez que la compartiese, recordaba ese viaje que hicieron a la India el año pasado, donde por primera vez, su prometido y ella tuvieron un invitado y a la noche siguiente, aunque se moría de celos, le tocó aceptar a la invitada.

—Buenos días, señorita Davis. —Saludó con respeto y disimulo un mesonero acercándose a su mesa, por lo que la chica levantó la cabeza y elevó una ceja con sarcasmo, sin saludar al hombre—. Disculpe, esto es para usted. —Le dijo entregándole un sobre.

—¿Para mí? ¿Quién lo ha enviado? —preguntó desconcertada.

—No tiene remitente señorita. —Le dijo el joven.

Audrey le dio vuelta al sobre ante la mirada de curiosidad de Malcom, quien tampoco comprendía lo de la correspondencia.

—Bueno… —dijo tomando su cartera estilo sobre y la abrió sacando una propina—. Gracias. —Le tendió el dinero.

—De nada señorita… no, no es necesario —rechazó amablemente lo que la pelirroja le estaba ofreciendo e hizo una reverencia y se retiró.

—¿Y bien de quién es el misterioso sobre? —preguntó el rubio con la mirada en lo que las manos de Audrey sostenían.

—No lo sé amor… —dijo sintiendo algo de temor, podrían ser algunas fotografías que Susana se habría encargado de hacer, aunque ella se percató de que no llevase nada, no le gustaba confiarse, y lo peor era que sentía sobre ella la mirada de Malcom. Trató de disimular y tragó en seco para pasar la angustia y se dispuso a abrir, catalogándose como estúpida porque las manos le temblaban.

Abrió el sobre siendo lo más cuidadosa posible, no quería que nada se le escapara. Sacó una hoja y la desdobló con cuidado, dentro había algo más.

Lo revisó, y cuando se dio cuenta de que era un pasaje en primera clase a California, lo mantuvo detrás de la hoja, mientras el corazón le brincaba en la garganta y los ojos querían salir de sus órbitas; sin embargo, trataba de controlarse. Se dispuso a leer la breve nota.

Ven conmigo, hemos emprendido la gira por varios estados, estaremos quince días en California. Lo que me has hecho aún no está pago, una noche no fue suficiente para una apariencia de toda una vida.

Cuando llegues, te diriges al hotel Beverly Wilshire, das tu nombre y te llevaran a la habitación 239, yo estaré en la 238, no te preocupes, todo estará pago.

N.M
P. D: El placer da lo que la sabiduría promete.

—Voltaire. —susurró Audrey ante la posdata.

—¿Y? —preguntó Malcom al ver que había terminado de leer.

Audrey dobló rápidamente la nota, resguardando el pasaje, lo metió en el sobre y lo guardó con manos temblorosas en su cartera.

—No… no es nada importante, es una nota de mi amiga… ¿Recuerdas de la que te hablé?

—Sí… sí de la invalida ¿cómo sigue? —Inquirió regresando la mirada al desayuno.

—Mejorando. —Fue la respuesta escueta y se dispuso a desayunar, tratando de parecer lo más relajada posible, mientras en su interior las emociones se habían convertido en un mar embravecido.

Lo sentía por Nicholas, pero no podría ir. Era imposible, por la tarde debía regresar a Chicago con Malcom, estaba a un mes de casarse, no podía darse un viaje a California solo para someterse a los placeres y juegos de Nicholas, aun cuando su corazón le gritase que saliera corriendo y agarrara el primer tren a los Ángeles, disimuladamente se llevó una mano al pecho, justo al lado izquierdo.

«Contrólate imbécil, deja de ser tan débil, no brinques con tanta emoción, deja al cerebro que actúe y tú solo límitate a bombear sangre.» Le decía mentalmente al corazón, pero sintió su centro palpitar. «¿Ahora se han confabulado? He dicho que no y punto…» —Apretó las piernas. — «Quiero a Malcom, me voy a casar con él… Es mi seguro, mi sentido, no voy a perder al hombre que me aprecia, y de verdad me quiere, para ser el mero capricho y un intento de venganza de Nicholas Mansfield, por un estúpido pasado… Sé que solo busca hacerme daño, por todo lo que le hice con mi prima, porque estoy segura de que se hace el imbécil. Así como supo donde me hospedaba, también debe saber que estoy comprometida, ya obtuve lo que quería; bueno, es hora de retirarme del juego y no dejarle opción a revancha. »

Segunda noche de función en el teatro Million Dollar, y el mal humor de Nicholas lo hacía insoportable entre sus compañeros.

Una actitud que ni él mismo entendía, se irritaba por cualquier cosa, ataque que se intensificaban al recordar lo imbécil que fue al rebajarse y enviarle esa nota a Audrey; sin embargo, doblegaba su orgullo y cada vez que podía, preguntaba por ella en la recepción del hotel, pero solo le decían que el huésped de la habitación 239 no había llegado, pero que tampoco se había comunicado para cancelar la reservación.

Lógicamente quien tendría que cancelarla era él, pero tampoco se atrevía a hacerlo. Algo que no acababa de comprender. Se vio tentado a hacerlo más de una vez, pero por ridículo que le pareciera, y después de varios años, se descubrió nuevamente guardando esperanza.

Por la mañana preguntó una vez más, pero el huésped no dio razones de vida, por lo que desde el teatro hizo la llamada y canceló la reservación. Con eso mandándola a volar, una vez más Audrey Davis le demostraba que no era, ni sería nadie transcendental en su vida, que no era más que una mujer que le gustaba mover las piezas del juego a su antojo, pero él no sería un peón más.

Al fin y al cabo, gozó mientras duró esa relación absurda que se dio rompiendo todos los esquemas que él se había impuesto. Jamás pensó enredarse entre sábanas con la pelirroja, y como era algo que no estaba en su libreto, lo desecharía rápidamente.

DIEZ

Oculta, revelada en lo desconocido en lo no manifestado.
Yo soy vida, tú has estado prisionera,
en un pequeño charco y yo soy el océano
y sus turbulentas corrientes.

Los cuadros facilitaban la puesta en escena, ya que no todos eran interpretados por actores, había algunos que eran de transición, se trataban de telones cortos que proporcionaban la mutación para los siguientes cuadros. Existía el telón principal, y su uso era para separar el escenario de la sala de espectáculos o para dividirlo en dos o más partes y cerrar el fondo.

Los telones cortos los utilizaban para informar, aquellas partes del argumento que no se podían interpretar, como en el caso del primer cuadro, cuyo telón corto representaba un viejo pergamino donde se describía la leyenda de los vampiros, otro telón corto representaba el viaje en diligencia del pasante de notaria que viajaba a Transilvania.

En el séptimo cuadro, utilizaron un telón corto para representar el castillo de Drácula, éste tenía una especie de ventana, que era por donde se asomaba el vampiro, interpretado por Nicholas Mansfield.

Actor por el cual el público sentía gran fascinación, ya que su papel era impecable, las líneas de Drácula estaban llenas de gritos, carcajadas siniestras y voces fuera de escena, las cuales el actor marcaba a la perfección.

El trabajo de los tramoyeros era único para llevar a cabo el sonido de los pasos, puertas y ataúdes que se abrían o cerraban, cristales rotos, los efectos de la neblina, disparos, trenes. El maravilloso sonido que acompañaba la actuación de Nicholas cada vez que aparecía o desaparecía del escenario. Las proyecciones e iluminaciones, los disfraces y maquillaje. Todo en conjunto hacía de la obra de teatro un gran éxito.

La función estaba por terminar. El puñal de Jonathan cortó el cuello del Conde, al tiempo que Morris atravesó el corazón del vampiro. Terminando así para siempre con el sangriento vampiro de Transilvania. Asomando la paz al pálido rostro del conde tras abrírsele el camino al cielo.

Nicholas desapareció del escenario dejando a Jonathan y Van Helsing haciendo una reflexión siete años después, y se perdió tras el telón, esperando el momento para regresar y agradecer al público por su asistencia.

—Por favor, hazme tuya. —Se dejó escuchar una voz que provenía detrás del telón que cerraba el fondo y que seguía una frase del libreto.

El corazón de Nicholas se disparó en frenéticos latidos, sintiendo como se descontrolaba, ante la voz de Audrey. En el momento menos esperado lo asaltaba con tal intensidad, que temblaba estúpidamente y no podía controlarlo, al menos era el único consciente de su estado.

Movió la cabeza rápidamente, buscando a sus compañeros de trabajo, y todos estaban entretenidos en el final, por lo que dio largas zancadas para llegar más rápido, pero no sabía exactamente en qué punto se encontraba la pelirroja.

—Por favor, conde, quiero ser suya. —Una vez más la voz con un toque de ingenuidad se dejaba escuchar, y esta vez venía acompañada por una pierna que se mostraba desnuda, tersa, blanca nácar y elegante, dándole ese toque de perfección con el terciopelo rojo, flanqueando el muslo, logrando que la boca del actor se secara inmediatamente.

Nicholas llegó muy cerca, y apenas con las yemas de los dedos de su mano derecha, acarició la extremidad sintiendo como cada poro de su cuerpo se despertaba ante el toque, como las pulsaciones en su entrepierna nacieron de la nada y se descontrolaban como nunca, colmándolo al sentir la piel de ella vibrar ante su toque.

Sin perder tiempo con la mano libre abrió de un tirón la pesada tela, encontrándose con una Audrey completamente desnuda, sintiendo en ese momento un deseo abrazador recorrerlo por entero, pero también fue acechado por los celos, celos de que algún compañero pudiese ver a la chica vestida de Eva, por lo que rápidamente dio un paso al frente haciendo que los cuerpos se chocasen, y esa química que había nacido entre ellos, se apoderase de cada partícula de su ser.

Nicholas cerró el telón dejándolos a ambos detrás en un pasillo sumamente reducido de una iluminación escarlata, debido a la poca luz que se filtraba por debajo, creando un ambiente de excitación total.

—Estarás condenada como yo… —Hablaba llevando las manos a las caderas de Audrey, quien gimió sensual y provocativamente ante el toque, y se dejó guiar por él, que la llevaba a cualquier parte, pero a ella no le importaba, mientras se perdía en el rostro masculino—. A caminar por la sombra de la muerte para toda la eternidad. —Dejó la frase a medias, pues no diría lo que seguía, porque sentía que era mostrar debilidad.

La acorraló contra una pared detrás del escenario, donde sabía que nadie podría interrumpirlos y sus manos viajaron de las caderas al trasero femenino, el cual acarició y después apretó a su gusto, adhiriéndola a él, quien empezó a frotarse contra el vientre plano y tibio de Audrey.

—¿Solo por la eternidad? Espero y haya algo más allá y entonces en ese incierto quieras igualmente que pague por tu nueva apariencia, aunque te ves mucho mejor. —La voz profunda y sensual de la chica, provocó que los sentidos del actor estallaran en millones de pedazos.

Por lo que la asaltó con un beso lastimero y placentero, al cual ella correspondió con ímpetu, mientras sus bocas batallaban Audrey buscó con sus manos ágiles el borde del pantalón de Drácula, se hizo espacio y lo liberó rápidamente.

—¿No esperarás a que te coja aquí?… Estoy por salir. —susurró él con voz forzada tratando de controlarse.

Audrey se colgó del cuello de él y se impulsó, cerrando con sus piernas la cintura, sintiendo la erección de él amenazando con atravesarla, pero no lo hacía.

—¿Qué cree que quiere esta vampiresa, Conde? —Le preguntó cimbrando sus caderas contra él, quien apretó los dientes ante un gruñido de deseo ardiente.

Sabía que tampoco podría controlarse por lo que con su mano se ayudó y entró en Audrey, con una mano en la cadera de ella para evitar que se elevase más de lo esperado y la otra en una de sus nalgas, la cual apretaba con fiereza y le brindaba impulso, sintiendo los senos de ella bambolear en su boca y él a segundos atrapaba los pezones y los mordía, arrancándole gritos ahogados a la chica.

—¿Por qué hasta ahora te apareces? —preguntó él, ahogado en medio del divino esfuerzo que hacía al ahogarse y sentir como los pliegues de la chica se abrazaban a su erección.

Audrey no dio ninguna respuesta, solo llevó sus manos a los cabellos de Nicholas, halándolos para que elevara la cabeza y besarlo mucho mejor, con más posesión y energía, atacando a la lengua de él en su propia boca, hasta que Nicholas la tomó por los cabellos rojos y los haló arrancándole un grito ahogado de dolor y deseo.

—Te hice una pregunta. ¿Por qué tardaste tanto? ¿Me crees imbécil? —inquiría con rabia, pero no dejaba de bombear en la pelirroja.

—El tren se tardó un poco más de lo esperado. —Fue la respuesta mientras la chica enterraba sus uñas en uno de los hombros masculinos y buscaba impulso.

—¿Cuatro días? —preguntó con reproche y sus labios hurgaban en el cuello de Audrey—. Mejora esa mentira, porque no te creo.

—Es que no solo se retrasó, también se averió una de las calderas y se descarriló un vagón... —acotó tomando entre sus manos el rostro de Nicholas y mirándolo a los ojos.

—Eres una mentirosa... embustera. —Le dijo anclándose en ella con fuerza, y sentía la excitación aumentar ante los jadeos de placer y dolor que le arrancaba a la joven.

Audrey no dio ninguna respuesta a esa acusación, solo le regaló una sonrisa e hizo más intenso el movimiento de su pelvis y buscó los labios de Nicholas, que no se querían dejar besar. Ella le obligó a que lo hiciese por medio de succiones y mordiscos, enloqueciéndolo sin dejarle ninguna otra opción que tragarse su orgullo y continuar con su viaje al cielo.

—Te siento… así… me gusta cómo me haces tuya Nicholas… eres muy bueno cogiendo… —susurraba ahogada, avivando el fuego en él.

—¿Te gusta? ¿Quieres que te dé toda la noche? —preguntó él, mientras ella le sonreía maliciosamente y asentía.

Los jadeos por parte de ambos se hacían desesperados mientras el sudor los cubría y se murmuraban palabras lascivas que los encendían aún más, las piernas de Nicholas se debilitaban, al sentir como la corriente se apoderaba de su espina dorsal y se concentraba en sus testículos, mientras que ella se tensaba y arqueaba aún más la espalda; se quedaba sin aire, los gritos del éxtasis perfecto, fueron opacados por los aplausos del público que se ponía de pie, la obra había llegado a su fin.

—Excelente presentación. —Le dijo sin aliento Audrey, mientras intentaba acomodar los cabellos de Nicholas que ella había revuelto con sus halones, dejando en nada el peinado del conde Drácula—. Tiene a un público de pie aplaudiéndolo y doy fe de que ha sido único.

—Debo regresar al escenario. —Le informó bajándola con cuidado, se quitó la capa y se la colocó sobre los hombros—. Espérame en el camerino, aprovecha que todos están con los agradecimientos.

—Como usted diga mi señor. —Le dijo acariciándole el pecho.

Todos se encontraban sobre el escenario dispuestos para hacer la reverencia de agradecimiento y despedida, pero el actor principal no aparecía.

—¿Dónde está Nicholas? —preguntaba Robert algo molesto a Karen, quien se alzó de hombros, dando con eso la respuesta evidente.

Nicholas apareció con el cabello revuelto, sin capa y con la ropa desordenada, para el público esto pasó desapercibido, pero para sus compañeros y director no, aunque a él no le importaba en lo más mínimo lo que ellos pensaran.

Apenas el telón bajó aislándolos de la sala de espectáculos, Nicholas salió rápidamente evadiendo a periodistas y compañeros.

Ya sabía cuál era la rutina, las felicitaciones, las preguntas acerca de su presentación, pero de momento no quería dar respuestas ni recibir críticas ya fuesen pésimas o excelentes, quería saber si Audrey no había tenido algún problema para entrar a su camerino, sobre todo, encontrar la manera de sacarla del teatro y llevarla al hotel, sin que se diesen cuenta.

Lo hacía por ella, porque si la prensa se enteraba podría tener problemas con su familia, también lo hacía por respeto a Susana, aunque no tuviese nada con ella y no sintiese amor, no quería someterla a la burla de prensas amarillistas.

Apenas abrió la puerta, sus actos reflejos reaccionaron rápidamente y atrapó una manzana que la chica le había lanzado. Se la llevó a la boca y le dio un gran mordisco y con la mano libre cerró la puerta.

—¿Has traído ropa? —pregunto, recorriendo con su mirada las piernas cruzadas que se escapaban de la capa.

—¿No pensarás que me vine desnuda o sí? —inquirió elevando una ceja con sarcasmo.

—De ti podría esperar cualquier cosa —respondió dándole otro mordisco a la manzana, y se dejaba caer sentado en un sillón frente a Audrey.

La pelirroja se puso de pie y se quitó la capa, cautivando al castaño con su desnudez, demostrándole que no sentía ningún tipo de incomodidad con su cuerpo, no tendría por qué ya que la figura femenina era envidiable.

—Para tu decepción me he venido preparada, solo que… —Hablaba mientras tomaba su ropa y se vestía. Nicholas no podía desviar la mirada, ya que hasta la manera tan sensual de ella al vestirse lo tentaban—. Mi equipaje se tuvo que quedar en el lobby del hotel, porque la habitación que supuestamente me esperaba la han cancelado, y para mi mala suerte, no hay otras disponibles, así que nos estamos despidiendo porque esta misma noche regreso a Chicago.

Audrey lo pensó, no sabía qué decir, él sabía que no había habitaciones disponibles y que canceló la que había reservado, pensando que ya no vendría y dudaba en expresar lo que en su mente se forjaba.

—Si quieres, te puedes quedar conmigo. —Le pidió, aunque se arrepentía porque significaba convivir con una mujer diez días y nunca lo había hecho, cuando mucho se quedaban a dormir, pero al día siguiente él amablemente las echaba.

Conocía su carácter, sabía que no era fácil, le gustaba su propio espacio y tiempo, que nadie lo controlase, ni opinara acerca de sus asuntos, mucho menos limitar sus horarios a los de otra persona.

—¡Estás demente! No… no puedo ¿cómo se supone que me voy a quedar en la misma habitación que compartes con un compañero? —exclamó ella agilizando su tarea de vestirse.

—No comparto mi habitación con nadie, no me gusta y Robert lo sabe, por eso siempre elijo una para mí de la cual yo pago la mitad con tal de poder disfrutar de privacidad. —Le hizo saber, perdiendo la oportunidad de evitar que ella se quedase con él y mandarla a volar.

—No sé… —musitó encaminándose cerca de él, quien la tomó por una mano y la instó a que se sentase en sus piernas. Audrey lo hizo, pero ahorcajada le gustaba sentirse sumamente compenetrada con el chico—. No estoy segura de hacerlo Nicholas —hablaba mirándolo a los ojos.

—¿Tienes miedo? —preguntó incrédulo en medio de la burla—. Eres una cobarde, después de todo no eres tan, arriesgada como aparentas.

—No… no tengo miedo —respondió con seguridad, pero en realidad por dentro estaba aterrorizada, sabía que, si alguien llegaba a fotografiarla junto a Nicholas y lo sacaban en algún periódico, Malcom se enteraría que estaba en California y no en Nueva York cuidando unos días de su amiga la invalida que súbitamente tuvo una recaída, y ella por nada del mundo, podía dejarla sola. Entonces estaría perdida, su castillo de mentiras se iría al lodo.

—¡Esa es mi chica! —exclamó Nicholas emocionado sin pensarlo siquiera, molestándose con él mismo por haberse mostrado tan efusivo delante de Audrey—. Nos vamos. —Le pidió cambiando el tono de voz a uno más serio, al igual que su semblante. La tomó por la cintura y la elevó para ponerla en pie, ella lo hizo.

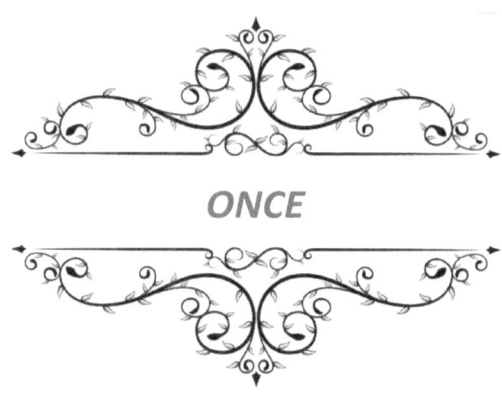

ONCE

Se pusieron de acuerdo y llegaron al hotel, donde Nicholas habló con el gerente pidiendo discreción para con su invitada. El hombre le aseguró que así lo haría, que no iban a permitir que ningún periodista se acerara al hotel.

El hombre miraba a segundos a Audrey, quien trataba de sonreírle y ser lo más cínica posible. Era evidente que el gerente estaba al tanto de su compromiso, de hecho, medio país lo sabía; sin embargo, Nicholas hasta el momento no lo había nombrado.

Subieron a la habitación y apenas cerraron la puerta Nicholas la tomó por la cintura y la lanzó en la cama, tirándosele encima como un león cuando somete a la presa, mientras se desvestían en medio del desespero, el cual tuvieron que redimir, debido al servicio de habitación, que les trajo algunos bombones, champagne, agua, fresas y cerezas.

Audrey admiraba con socarronería el carrito, mientras sonreía, cuando el botones se fue casi expulsado por Nicholas, quien no perdió tiempo y le hizo alcanzar las estrellas, rozar el cielo con las manos, siendo posesivo. Le gustaba demostrar que era él quien llevaba el control, sometiéndola al placer en estado puro, logrando cada vez más que le saliera el tiro por la culata, porque había descubierto que a Audrey la enloquecía con esa manera tan salvaje de poseerla y se rendía obedientemente, mientras que a él le excitaba aún más ver cómo ella no dudaba. Hacía todo lo que él le pedía; aunque también marcaba ritmo, haciendo el acto sexual mucho más intenso, como nunca lo había experimentado con su larga lista de mujeres.

Después de muchos minutos, se encontraban sentados con las espaldas amortiguadas por las almohadas que acolchaban aún más la cabecera, cada uno con la mirada al frente mientras bebían champagne de sus copas y se fumaban un cigarro.

—No sé cómo hacer para pasar tanto tiempo aquí y que no terminemos matándonos. —acotó Nicholas pensando en voz alta, no quería a Audrey, aún mantenía por ella un gran grado de recelo o era lo que esperaba.

—Tampoco lo sé —susurró ella, y volvió la cabeza al mismo tiempo que el chico para mirarse a los ojos, soltando lentamente el humo—. Tal vez tendremos que estar cogiendo todo el tiempo, al menos de esa manera nos entendemos.

—Es lo que pienso hacer. —Le informó estirando la mano y pellizcando suavemente uno de los pezones de la pelirroja.

—Por mí no te preocupes, yo no me voy poner en plan de hacer preguntas, no me interesa tu pasado, ni tu futuro, a lo mucho preguntare algo del presente; eso si es que estoy involucrada.

—Lo agradezco… Si quieres puedes usar el baño.

—Lo haré, prometo no gastar el agua caliente… aunque si quieres acompañarme no me molestaría —dijo apagando el cigarrillo de ella en el cenicero.

Nicholas no dijo nada, solo desvió la mirada al ventanal que mostraba a una ciudad solitaria por la madrugada, dándole una jalada al cigarrillo.

La pelirroja comprendió que él no quería hacerlo por lo que salió de la cama y se encaminó al baño, se metió a la ducha y dejó que el agua corriera por su piel y la renovara, mientras se sumía en sus pensamientos, los cuales viajaron a Chicago con su prometido.

—¿Crees que aún queda suficiente agua caliente para los dos? —Escuchó la voz de Nicholas que le preguntaba al oído mientras la abrazaba por la espalda, por lo que se sobresaltó.

—¡Me has asustado! —exclamó ella, sintiendo el corazón latir bruscamente.

Él le regaló media sonrisa y siguió abrazándola, hasta que el agua mojó complemente su cuerpo. Audrey hizo el intento un par de veces por frotarlo con la esponja, pero él no se dejó, no dejó que ella lo tacase con un gesto amable, porque Nicholas ya empezaba a temer, se había sorprendido al perderse en la mirada de Audrey, y en como de cierta manera, le había molestado el que ella no quisiese preguntar por un pasado o hablar de un presente, pero lo que más le confundió fue sentirse dolido porque no le interesaba su futuro.

Pero después de pensarlo, por algunos minutos, supo que era lo mejor, que ninguno de los dos se interesara por el otro al menos, por lo que estaba fuera del plano sexual.

Después de casi una hora regresaron al dormitorio.

Audrey con una dormilona de seda blanca y Nicholas se quedó desnudo, no le gustaba dormir con ropa, se metieron a la cama y terminaron por quedarse dormidos, cada uno lo más alejado posible del otro, no tenían por qué dormir abrazados.

A la mañana siguiente, Audrey despertó parpadeando lentamente, al escuchar unos pasos en la habitación, levantó la cabeza a duras penas, al ser consciente de dónde se encontraba y con quién, la dejó caer pesadamente sobre la almohada.

—No esperes que me levante a preparar desayuno —dijo con los ojos cerrado y con voz ronca, pero evidenciando la burla.

No recibió ninguna respuesta, sumiéndose nuevamente en el sueño, escuchando el agua correr en el baño como si se encontrase a muchos metros de distancia.

El ardor, dolor y sonido la despertó sobresaltándola y mandándola al suelo, cuando un azote en su nalga derecha la arrancó violentamente de los brazos de Morfeo.

—¡Imbécil! —exclamó sumamente molesta, reteniendo las lágrimas de dolor, sintiendo además del ardor en la nalga, dolor en su cadera ante el golpe, observando a un Nicholas recién bañado sonriendo con malicia.

Se puso de pie sin decirle nada y se encaminó al baño, cerrando la puerta de un azote.

—¡Si estropeas algo en el hotel tú correrás con los gastos! —exclamó el castaño con sorna.

Audrey al entrar al baño dejó correr las lágrimas ante el dolor, maldiciendo en silencio a Nicholas y con la convicción de largarse de ahí, no esperaba que la tratara de esa manera, podía aceptar que lo hiciera mientras le daba placer, ya que de cierta manera eso lo intensificaba, pero así de la nada y cuando a él le diese la gana, no se lo iba a permitir. Ella no era su esclava.

Nicholas al ver que Audrey demoraba más de lo esperado, entró al baño y se la encontró sentada en el retrete, ella al verlo se puso de pie y corrió hasta la ducha, cerrando la puerta de cristal mientras se limpiaba las lágrimas.

—¿Pasa algo? —inquirió preocupado ante la reacción de ella.

—¡Largo de aquí! —exigió a través del cristal y su voz ronca la delató.

Nicholas abrió la puerta de la ducha y entró observando cómo el rostro de Audrey evidenciaba las lágrimas derramadas, pero que de momento no las tenía, y sintió algo nunca experimento, al verla vulnerable, al verla tan humana y que también podía llorar, que no solo era un ser malvado y lujurioso.

—Audrey lo siento... si estás llorando porque me pasé, lo siento solo quise jugar —dijo con voz suave mirándola a los ojos, sin poder salir del estado endeble que se había apoderado de él.

—¡¿Jugar?! —preguntó con incredulidad—. Esos no son juegos. —Le aclaró sintiendo las lágrimas nadar en su garganta.

—Pensé que te gustaba, que no te dolería, por lo menos no tanto —acotó en su defensa.

—¿Qué no me dolería? —inquirió ella nuevamente con rabia al darse cuenta de que él creía que ella no podía sufrir, por lo que estiró un brazo y se pellizcó—. Ves, esto es piel, hay nervios... claro que siento dolor, no soy de porcelana, y si lo fuera igual podría quebrarme, no soy un ser vacío... ahora por favor te pido que salgas de aquí. ¡Y no me mires así! —exclamó a punto de grito al ver la lástima reflejada en los ojos de Nicholas—. Te he dicho que siento, no que padezco una enfermedad en fase terminal.

—Está bien, no lo haré más ¡no te voy a tocar más! — expuso molesto, dándose media vuelta y salió de la ducha, dando largas zancadas, pero atravesaba el baño cuando se dio media vuelta y regresó a la ducha con decisión, tomó a Audrey por la cintura y la elevó unos centímetros del suelo para tenerla a su altura—. Lo siento... de verdad lo siento Audrey —susurró mirándola a los ojos—. No te lastimaré más. —La colocó nuevamente en el suelo y la acorraló contra la pared. Llevó sus manos a las mejillas femeninas y le acunó el rostro, empezó a besarla tiernamente, suaves y delicados besos, queriendo con eso ganarse la absolución.

Poco a poco le fue quitando la dormilona, y sus besos como copos de nieves caían sobre el cuerpo de la chica, demorando más tiempo en las áreas maltratadas, percatándose que verdaderamente se había pasado, la piel se encontraba roja y caliente, por lo que con sus labios mimó la nalga derecha de la chica y la cadera, sintiendo un placer extraordinario al hacerlo, mientras ella temblaba ante cada beso.

Entregarse nuevamente al placer era algo imparable, el deseo se desbocaba y los incitaba a entregarse, palparse centímetro a centímetro, saborear cada poro, despertar cada nervio, entrar, conquistar y salir, para una vez más asaltar, con la gran diferencia que esta vez la entrega se hizo en medio de palabras sutiles, caricias soñadas y con una intensidad etérea.

DOCE

Ven y únete conmigo, deja este mundo de ignorancia, quédate conmigo, abriré las puertas de tu amor.

Los días en California, pasaron rápidamente, y como el sol no podía ocultarse con un dedo, todos los miembros de la compañía de teatro se enteraron de la relación que mantenía Nicholas con Audrey Davis.

Ninguno se atrevía a hablar, ni siquiera a reprochar la actitud del actor, pues bien sabían que Susana para él era un compromiso y nada más.

Aunque a espaldas hablasen de la pelirroja, estaban al tanto del compromiso de la sobrina de uno de los hombres más influyentes del país, además de estar comprometida con el heredero de los Fitzgerald, que contaban con la compañía más importante de bienes raíces.

De Nicholas se podía esperar cualquier cosa, siempre se le vio relacionado con jóvenes influyentes, en su mayoría de familias acaudaladas, pero hasta ahora, no había salido abiertamente y por tanto tiempo con una, y lo peor de todo, comprometida. Sin duda alguna el actor se estaba metiendo en problemas.

Robert sabía que un escándalo como ese no era lo más conveniente para la compañía, por lo que, les había exigido a todos, ser lo más discretos posible. No presionaba a Nicholas para que saliese a las fiestas que organizaban y mantenían todo bajo la mayor prudencia permitida.

La señorita Audrey iba a todas las presentaciones; aunque, Nicholas había dispuesto un puesto en el palco presidencial para ella, esta no lo aceptó, prefirió sentarse siempre en primera fila para estar más cerca del actor.

Algunos agradecían el cambio de ánimo del chico y sabían que se debía a las madrugadas que la pelirroja le ofrecía, siendo el actor que interpretaba a Van Helsing, quien ocupaba la habitación de al lado el más enterado de lo que vivían, pues era a quien atormentaban con sus gemidos, jadeos, gritos, golpes en la pared a causa de la cabecera de la cama, y muchas cosas más, de las cuales ya le había dicho a Robert para que le hiciese el favor de decirle a Nicholas, que él sí necesitaba dormir, por lo menos ocho horas, sino se le haría imposible rendir sobre las tablas.

Audrey se encontraba en primera fila admirando a Nicholas en su última presentación en California, aun en contra de su conciencia se maravillaba al verlo tan gallardo sobre el escenario, con tanto profesionalismo que algunas veces lo desconocía, pero cuando sus ojos se encontraban con los de ella por segundos, despertaba de golpe las mariposas que se habían mudado a su estómago, y entonces veía que debajo de ese maquillaje pálido y ese peinando exagerado, se encontraba el hombre que en diez días la había mantenido viviendo en el cielo, con el más grande de los placeres a pedir de boca.

Los días encerrada con Nicholas habían sido perfectos, pero no del todo, maravillosos. Discutían por cualquier tontería y terminaban gritándose, pero al minuto era él o ella quien asaltaba salvajemente contra el otro y se desgarraban las ropas y en medio de una lucha cuerpo a cuerpo se rendían desnudos y sonrientes. Audrey muchas veces pensaba que lo que la ataba a él era la más poderosa de las obsesiones, una que ella no podría desatar y con el paso de los días, era más y más complicado el nudo.

Pero se llevaría la satisfacción de que lo había hecho feliz estos días, de eso estaba segura, porque así como discutían, también muchas veces reían y jugaban como si fuesen unos niños, descubrió en Nicholas un hombre que sabía reír y su risa podría iluminar el día más gris, la noche más oscura, le gustaba hacer bromas sobre todo atacarla a cosquillas, con su boca jugueteando en su abdomen; así como ella se las hacía a él en los pies, las cuales le hacía mientras dormía porque despierto no se dejaba.

Además de los momentos sexuales, disfrutaba al máximo cuando ella le ayudaba con el libreto de la siguiente obra que preparaban, tomando ella el papel femenino, que ya se lo habían adjudicado a Karen, pero definitivamente, la actuación no era lo suyo, no podía tomarlo profesionalmente, siempre terminaba riendo o perdida en la mirada de Nicholas y olvidaba lo que seguía en la línea; sin embargo, él le daba consejos, le decía que debía vivir la historia, meterse en el papel y por más que lo intentaba no podía y al final solo lo hacía reír a él también.

Era como si nunca hubiese existido entre ellos un pasado, como si se hubiesen conocido desde la semana que ella lo vio en Nueva York, como el conde Drácula, no habían mencionado, absolutamente nada de nadie, en ese pequeño mundo que habían creado, excepto Susana.

Sería muy hipócrita de su parte decir que no sentía celos, cuando algunas de las mujeres lo acechaban y ella no podía hacer nada. Debía mantenerse al límite, para no levantar sospechas entre los reporteros que siempre estaban pendientes, también quería quitarle el teléfono a Nicholas y estrellarlo cada vez que llamaba a Susana, y por quien tuvieron la discusión más fuerte. Sus pensamientos volaron a ese momento.

Nicholas colgó el auricular y dejó libre un pesado suspiro, mientras ella disimulaba estar entretenida en el artículo de moda de una revista. Lo vio de soslayo pasarse las manos lentamente por los cabellos, como buscando paciencia en su interior, y ella al ver ese calvario en él no pudo más.

—¿Por qué lo haces? —inquirió cerrando la revista, y él volvió medio cuerpo mirándola, ya que se encontraba sentado al borde de la cama de espaldas a ella—. ¿Por qué permites que te manipule de esa manera?

—Creo que no estamos en la misma conversación. —Fue la respuesta lacónica de él.

—¡Mándala a la mierda! —exclamó ella molestándose, sin poder controlarse, por verlo tan sumiso a los chantajes de Susana.

—No te he pedido opinión, y quedamos en que no te ibas a meter en mi vida, solo tienes que tener la boca cerrada y las piernas abiertas, nada más —dijo con voz dura.

Ella le lanzó la revista con todas las fuerzas que poseía golpeándole la espalda, provocándole un golpe seco. Nicholas se molestó y brincó en la cama, la haló por las piernas y la hizo que se acostara al tiempo que él la inmovilizó colocándola en medio de sus piernas, y se colocaba de rodillas, con las manos le cerraba las muñecas y en ese momento ella conoció la mirada del diablo.

—¿Vas a golpearme? ¡Hazlo! Vamos ¡Hazlo! Pero no me voy a callar, no eres más que un maricón… sí, un maricón de mierda que se deja manipular por una enferma obsesiva, loca, esquizofrénica… ¿Qué te mantiene atado a ella? Amor no es, ni siquiera es por alguna posición, ni un beneficio, porque eres tú quien se lo ofrece todo…

—¡Tú no sabes nada! No sabes nada y no me hagas recordarte que también eres ¡una loca de mierda! —le gritó tan fuerte que Audrey se sorprendió.

—No lo niego, sí lo soy, pero al menos me coges por tu gusto, yo no te obligo… ¡Ni te amenazo con suicidarme! —dijo con burla y Nicholas hizo más fuerte el agarre en las muñecas de la pelirroja, quien jadeó ante el dolor, mientras que la mirada de Nicholas era un volcán en erupción—. No tienes que dejar que te jodan la vida, tienes que tomar tus decisiones ¿dónde está la autonomía de elegir? Que has hecho con el Nicholas que conocí, no eres más que un imbécil que se deja manipular por una maldita lisiada. ¡Que se suicide! que lo haga, pero que te deje ser feliz, nadie tiene derecho a manipular tus emociones, ni sentimientos. —Le gruñía con rabia.

—¡Cállate! ¡Cállate! Tú quien manipuló todo a su antojo, quien hizo y deshizo para joderme la vida, maldita hipócrita. — La rabia gobernaba al castaño, por lo que le gritaba y temblaba ante la ira.

—¡Sí! Hice mis jugadas, todas con un propósito y te aseguro que no fue por ti que obré de esa manera. —Audrey le mantenía la mirada aun cuando le acababa de mentir descaradamente, pero era su especialidad, mentir y evitar salir lastimada, jamás le diría que lo separó de Michelle porque anhelaba en ese entonces una oportunidad con él—. Pero ya no me eches la culpa de nada, no me culpes por tu estupidez, ni por… —Omitió el nombre de Michelle, para no herirlo—. Si de verdad la quisieras o la hubieses querido, si hubiese sido un sentimiento intenso, te aseguro que no estarías aquí cogiéndome todas las noches, pero no es así, no fue más que una ilusión, a la cual le colocaste nombre de imposible para calmar tu conciencia, porque cuando uno de verdad anhela, desea algo, lo obtiene a costa de lo que sea y de quien sea… que se muera Susana y medio mundo si le da la gana, pero si mi felicidad fuese a tu lado, me importaría un bledo lo demás, te quedas a mi lado. Claro está que, si tú no me quisieras, ya no podría luchar, no se puede luchar sola cuando es algo de dos, cuando el sentimiento tiene que ser mutuo.

Nicholas no sabía que decir, de momento necesitaba procesar las palabras de Audrey y mientras la odiaba un poco más, sentía que le había dado una lección de vida, un ejemplo de alguien que amaba verdaderamente. Hasta que sintió un dolor lacerar su antebrazo, tuvo que soltar a la chica ante el mordisco que le dio.

—¡Demonios! ¡Loca! ¡Loca! —gritó ante el dolor.

Vio como ella aprovechó la oportunidad en que él la liberó y bajó de la cama rápidamente, agarró su cartera, mientras parecía una fiera salvaje y aun estando molesto se percató de lo sensual que se veía con su camisa puesta, la cual llevaba casi abierta.

—¡Vete a la mierda Nicholas! Y dile a tu madre que te abra las piernas. —Estaba realmente molesta, porque, aunque se estuviese comportando con una cualquiera, no lo era y le había dolido que él la tratara de manera violenta.

—Con mi madre no te metas Audrey, déjala fuera de esto… —Hablaba y la vio encaminarse a la puerta sin importarle las fachas en las que andaba. Descalza, con los cabellos revueltos, una camisa de él y la cartera colgando de un hombro, nada más, no llevaba nada más.

Audrey se encaminó por el largo pasillo alfombrado en rojo con rombos dorados, mientras la ira no la dejaba pensar y las lágrimas le daban la pelea por salir, pero ella era más fuerte y las retenía.

TRECE

Nicholas esperó unos segundos, pero ella no regresó, mientras el intentaba bajar la adrenalina en su cuerpo, porque Audrey definitivamente lo había sacado de sus casillas y terminó acorralándolo contra las cuerdas, mientras le dio varios golpes bajos y muy seguido, sin dejarle tiempo a pensar.

No podía dejarla ir de esa manera, no así vestida, tanto ella como él se meterían en problemas, por lo que salió corriendo de la habitación.

—¡Audrey! ¡Audrey, espera! —La llamó, pero no recibía respuesta, ella seguía caminando, con el orgullo cada vez más inflamado—. ¡Qué te pares! —Le dijo tomándola por un brazo fuertemente, y volviéndola, recibiendo con valentía un puñetazo en el pecho.

—¡Suéltame! —le exigió tirando furiosamente del agarre, por lo que él la tomó por ambos brazos, pero ella seguía sacudiéndose.

«Acción drástica», pensó Nicholas, y la acorraló contra la pared y las piernas de Audrey le daban la pelea, importándole poco que ante los zarandeos de su cuerpo dejara al descubierto su trasero y su vello cobre intenso, además de uno de sus senos.

Una de las puertas se abrió y en una reacción sumamente rápida Nicholas adhirió su cuerpo contra el de ella para cubrirla.

—¡¿Qué demonios pasa Nicholas?! ¡Es la una de la madrugada! ¡Oh por Dios! Vayan a la habitación. —exclamó Robert realmente molesto y asombrado, al ver que Nicholas se encontraba desnudo.

—No pasa nada Robert, solo estamos practicando… No pasa nada. —Decía mientras batallaba con Audrey, que sin impórtale la presencia de Robert, seguía dando la pelea, y Nicholas luchaba para

123

que ella no le mostrase sus partes íntimas al hombre—. Sólo me está ayudando a practicar la próxima obra…

Desvió la mirada a la pelirroja. —Ahora Audrey. —Le pidió abriendo los ojos desmesuradamente.

—¿Ahora qué? Imbécil —exclamó ella con la rabia que la consumía.

—He luchado en vano. Ya no puedo más. Soy incapaz de contener mis sentimientos. Permítame que le diga que la admiro y la amo apasionadamente. —expuso Nicholas personificando a Fitzwilliam Darcy, el próximo papel al que le daría vida, y al terminar, tragó en seco mientras se maldecía porque no comprendía. No existía explicación lógica, para saber por qué soltó así sin más ese dialogo, precisamente ese dialogo.

Robert había elegido Orgullo y Prejuicio para competir con la compañía de Teatro Osword que estrenaría los Miserables. El director había percibido cierta debilidad en las mujeres por la historia de amor de Jane Austen, en su mayoría su público era femenino y Nicholas el actor del momento, por lo que estaba seguro de que sería un éxito rotundo al igual que Drácula.

Audrey al igual que el personaje femenino Elizabeth, se sintió molesta por la manera como Nicholas trataba de cambiar la situación. Ocultar lo que estaba pasando y solo lo miraba desconcertada. El chico ladeó la cabeza invitándole a continuar.

Aunque lo dudo continuó, ya que Nicholas le había dicho cientos de veces que tenía que sentir la situación, meterse el personaje en la piel y en estos momentos no deseaba más que mandarlo a la mierda, rechazarlo vilmente.

—En estos casos creo que se acostumbra a expresar cierto agradecimiento por los sentimientos manifestados, aunque no puedan ser igualmente correspondidos. Es natural que se sienta esta obligación, y si yo sintiese gratitud, le daría las gracias. Pero no puedo; nunca he ambicionado su consideración, y usted me la ha otorgado muy en contra de su voluntad. Siento haber hecho daño a alguien, pero ha sido inconscientemente, y espero que ese daño dure poco tiempo. Los mismos sentimientos que, según dice, le impidieron darme a conocer sus intenciones durante tanto tiempo, vencerán sin dificultad ese sufrimiento. —Más que un dialogo del libro era un reproche en contra del hombre que tenía en frente, por su soberana estupidez de humillarla.

Robert observó la escena y admiró como la pelirroja se apasionó en sus palabras, las sentía sin lugar a duda, y se dijo que podría ser muy buena actriz; sin embargo, eso no disminuía la rabia que sentía por el comportamiento de Nicholas.

—Ella lo hizo mejor, ahora entren a la habitación que no quiero que nos boten del hotel por exhibicionismo. Nicholas mañana temprano necesito reunirme contigo. — Le hizo saber y se perdió tras la puerta.

Nicholas sabía que era lo que Robert necesitaba hablar. Le pediría que se deshiciera de Audrey, y él no sabía si podría cumplir esa petición, porque por encima de cualquier cosa ella era su invitada.

—Lo hiciste muy bien. —Le dijo él—. Ahora regresemos a la habitación y no me des más problemas. —Le pidió halándola por el brazo para encaminarla.

—Pues corta los problemas de raíz y suéltame, yo me largo… —Hablaba cuando Nicholas intervino.

—De verdad estás loca, como piensas salir así… —Dijo recorriendo con su mirada al cuerpo de Audrey, camuflado con camisa blanca e hizo que sus ganas empezaran a salir del letargo en el cual se encontraban.

Ella no le dio respuesta solo dio un nuevo tirón al agarre y él la retuvo, haciendo acopio de su fuerza la haló y la obligó a caminar, pero al ver que no era mucho lo que avanzaba, la tomó por sorpresa cargándola y se la llevó sobre el hombro derecho.

Audrey no protestó, porqué sabía que contra la fuerza de Nicholas no podría, solo lo dejaría que se confiara.

Al entrar a la habitación la lanzó en la cama y ella tan rápido como pudo, salió de esta y se puso de pie al otro lado, dejando como barrera el lecho, mientras él la miraba impacientándose nuevamente con la actitud infantil de la pelirroja, jamás pensó que Audrey fuese tan altanera.

Nicholas observó cómo ella tomaba el teléfono y marcaba con manos rápidas, por lo que él corrió y brincó por la cama, superando el obstáculo le arrebató el auricular y lo colgó bruscamente.

—¡Ahora tienes un ataque de estúpido orgullo! —exclamó halándola hacia él, pero no pudo moverla, solo logro que uno de los botones de la camisa se reventara y expusiera parte del abdomen femenino, el pequeño incidente captó la atención de ambos, y Nicholas arrastrado por algo inexplicable, llevó su mano y le dio otro tirón, reventando otro botón que brincó a la cama y siguió así dándole muerte uno a uno de los botones que terminaron regados por varias partes de la alcoba.

La camisa se abrió, mostrándole el cuerpo de ella sin barreras, Audrey no podía evitar que el fuego en su interior se propagara; sin embargo, hacía lo que estaba a su alcance para no ceder, para no derretirse completamente bajo la mirada torrencial con que él la recorría y ella no podía mantenerle la mirada.

Sintió el brazo de él entrar a través de la tela y cerrarle la cintura, con ese toque posesivo haciéndole estallar todas las neuronas. Al segundo su pecho blando y tibio se amoldó al de él fuerte como el acero y sintió en sus pezones los vellos del pecho de Nicholas hacer cosquillas que se extendieron por todo su cuerpo, apenas lograba espabilar, tragar en seco las emociones cuando sintió el colchón amortiguar su cuerpo y el peso de Nicholas ahogarla.

—Mírame… Audrey mírame. —Le pedía, pero ella estaba concentrada en como cambiaba de luz del semáforo en la calle, tratando con eso controlar los temblores que la sacudían y tensaba la mandíbula cuando él intentaba que lo encarara—. ¡Estúpida! Caprichosa, ¿acaso nunca te enseñaron que debes mirar a la cara de quien te habla?, si fuera tu padre te diera una buena paliza. —Se exasperó al ver que no podía obtener su atención.

—Si fueses mi padre no serías tan imbécil y dejar que una mujer te manipule, tendrías las pelotas suficientes para mandarla a volar —dijo con voz dura una vez encarándolo y mirándolo fríamente.

—¿Cuál es tu problema con Susana? —inquirió acercándose peligrosamente, dejando su aliento sobre los labios de la pelirroja.

—Mi problema ninguno, yo no tengo problemas con ella, pero te pregunto. ¿Cuál es el tuyo? ¿Cuál es tu problema con ella? —inquirió manteniendo el semblante.

—¿Yo? Yo no tengo ningún problema, ¿crees que tengo algún problema con ella? ¿Por qué debería tenerlo? Es mi prometida nada más. —expuso con el mayor de los descaros.

La carcajada de burla de Audrey no se hizo esperar, explotó en la cara de Nicholas, haciéndolo con todo el propósito de molestarlo, que terminara de quitarse la careta y descubrir qué

126

había tras una relación tan estúpida y absurda, porque tenía las palabras de Susana.

Todo lo que habían conversado y a la única que le veía un interés obsesivo era a ella, Nicholas ni la nombraba y cada vez que hablaba de su prometida era como si el mundo se posara sobre sus hombros. Toda la tensión se acumulaba en su ser, tal vez estaba siendo egoísta, porque le estaba pidiendo que dejara a Susana, que diera ese paso, cuando ella pensaba en casarse y formar una familia con Malcom, mientras dejaría a Nicholas a la deriva, pensaba que era injusto, pero no podía evitar serlo, no dejaría de actuar.

La reacción de Nicholas no fue gritarle sus reproches, fue un beso que le hizo temblar los cimientos, que la sorprendió como el sol en plena noche y la calentó con la misma intensidad, robándole el oxígeno y la razón, sintiendo todo su cuerpo palpitar enloquecido, mientras el cuerpo de él se acoplaba al mismo latido.

—Abre las piernas —le pidió en un susurro ahogado, succionando lánguidamente el labio inferior de Audrey, pero ella no lo hizo, haciendo más dolorosa su erección que quería ahogarse en el fuego que había entre los muslos de la chica, resbalar por esa cueva de placer—. Audrey. —Su voz se convirtió en suplica, mientras el corazón le martillaba en el pecho y con una de sus rodillas buscaba abrir el espacio, pero ella no lo dejaba.

Audrey no lo haría o al menos se resistiría hasta donde le fuese posible, mientras sentía el fierro candente hurgando entre sus piernas cerradas, tentándola, torturándola y ella se mordía los jadeos o aprovechaba los besos de él para ahogarlos en su boca.

—Abre las piernas por favor. —Le rogó él con la locura haciendo estragos en su vientre, adolorido e impaciente, pero no quería obligarla, no podía hacerlo y cuando sentía un gran nudo en la garganta creado por la impotencia, las piernas de ella se abrieron como las puertas a otro mundo, al cual él se adentró enteramente—. Gracias. —susurró mientras se ahogaba lentamente, y ella le regalaba un largo jadeo al sentir como él la llenaba.

La contienda que llevó por nombre Susana terminó, en un explosivo orgasmo alcanzado por Audrey y uno contundente en él, que se dio al minuto después del de la pelirroja.

Esa mañana antes del desayuno Robert se encerró con Nicholas en uno de los salones de conferencia, exigiéndole que buscara la manera de pedirle a su amiga que se marchara, pero Nicholas solo la defendió como un león, diciéndole que si ella se iba él también lo haría y se quedarían sin Drácula para la última función, sabía que no era profesional, que no era normal, pero desde que Audrey apareció nuevamente en su vida nada había vuelto a ser normal, ni aburrido, el problema estaba en que él no quería aceptarlo.

Nicholas miraba a Audrey en primera fila y la vio sonreírle con la mirada, admirando su trabajo, regalándole su presencia y su apoyo y de cierta manera, atacado por sus impulsos y por sus sentimientos quiso retribuirle lo que ella había hecho con él en estos días.

Estaban en el momento preciso de la obra, apenas miró a su compañera de trabajo y desvió nuevamente la mirada a Audrey. Se suponía que las próximas palabras tendrían que decírselas a la actriz, pero como tampoco estaban en el libreto no contaba mucho si se las decía a ella o no, pero para la pelirroja eran las favoritas del libro, se lo dejó claro cuando las subrayo, por lo que con la mirada fija en Audrey dijo:

—En la vida hay tinieblas, mi niña, pero también hay luces. Y tú eres la luz de toda luz. —Apenas vio cómo la sonrisa de ella se amplió, y desvió la mirada a su compañera que lo observaba desconcertada, y a un lado del escenario fuera de la vista del público vio a Robert hacerle gestos de desaprobación, por lo que continuó, retomando el guion y ninguno de los espectadores, excepto Audrey, se dieron cuenta del diálogo añadido.

Audrey se sentía tonta, inestable, así se sentía a consecuencia de las palabras de Nicholas y más sabiendo que lo había hecho por ella, para complacerla a ella y era el gesto más bonito que le hubiesen regalado en la vida.

Las ganas de llorar le ganaban, pero les dio la pelea, no era una mujer sentimental, por lo que le regaló una amplia sonrisa agradeciéndole infinitamente, mientras el corazón empezaba a darle nombre a sus latidos.

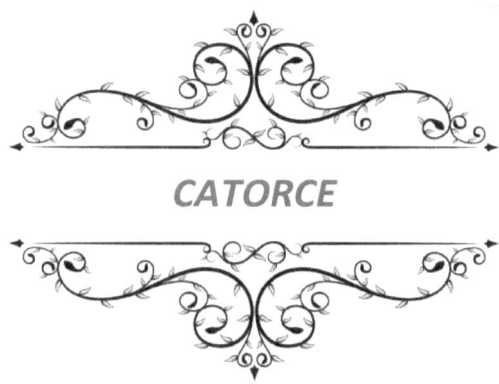

CATORCE

Te deseo más que al alimento o a la sed a mi cuerpo,
a mis sentidos o a mi mente.

El salón de recepciones del hotel Beverly Wilshire, se encontraba en todo su esplendor ofreciendo la fiesta de despedida de la compañía de teatro, casi todos los integrantes que se encargaron de que, Drácula fuese un rotundo éxito en California.

Se encontraban en el lujoso salón decorado en colores blanco y dorado, amenizado por una banda que los entretenía con Jazz, mientras algunos conversaban y otros bailaban, compartiendo como la gran familia que eran, y otros como parejas que se habían consolidado en los escenarios.

Audrey no sabía que Nicholas tuviese un gusto tan exquisito cuando de escoger ropa femenina se tratase, la había sorprendido por la tarde con el vestido que llevaba puesto, una prenda que se ajustaba perfectamente a su cuerpo, en negro que dejaba sus hombros desnudos, haciendo resaltar hermosamente el color de su piel y ante sus movimientos más ligeros destellaba ante la pedrería con la cual estaba hecho.

Aun cuando ella había llevado elegantes vestidos y él lo sabía, decidió regalarle lo que para cualquiera sería una obra de arte, Audrey era una especialista en el arte de seducción, sabía que a Nicholas le enloquecía su cuello, por lo que se hizo un peinado alto, pegado a su cuero cabelludo pero en el centro se elevaba con un cúpula, adornado por una sencilla diadema de diamantes y perlas, que le había regalado su suegra y era una de las pocas joyas con las que viajaba.

Nicholas quien batallaba con el lazo de esmoquin, se quedó inmóvil e impresionado sin poder disimularlo, tragando en seco para pasar las emociones que se despertaron al ver a la pelirroja, que tenía la grandeza de no solo ser elegante, sino que poseía una sensualidad que podría enloquecer a cualquier hombre.

—¿Te ayudo? —preguntó la chica, rompiendo el silencio y encaminándose al ver que él no reaccionaba.

—Sí… sí por favor. —pidió observándola más de cerca, cuando se paró frente a él, sintiendo cómo esa sirena lo encantaba con su perfume y escote, donde fijó su vista, después de recorrer con la mirada el rostro y el cuello en el cual percibió a un lado los latidos, esos que les gustaba sentir sobre sus labios cuando lo acariciaba—. Estás… te ves… muy bien. —Fueron sus palabras después de haber pensado que decir, no quería expresarle el descontrol que había causado en él.

—Gracias —dijo ella, y le regaló una sonrisa, mientras intentaba hacer el lazo con el corbatín—. No me gusta este lazo. —Le hizo saber, halándolo del cuello de él.

—Es un esmoquin, Audrey —acoto retomando a medías su control.

—Sí, ya lo sé, pero seguro todos estarán vestidos de la misma manera, por ende, todos parecerán meseros —le dijo con seguridad y se encaminó, mientras Nicholas la miraba desconcertado.

Audrey de dirigió al armario donde estaba guardado su equipaje y se puso de cuclillas, mientras rebuscaba en uno de los baúles, encontrando la caja rectangular de terciopelo negro por fuera y roja por dentro.

Regresó donde estaba Nicholas parado y observándola sin comprender, colocó la caja sobre la cama y la abrió sacando una prenda.

—¿Y eso? —preguntó el joven al ver lo que ella sacaba.

—Es un plastrón de seda hindú. —Le hizo saber, mientras le tendía la prenda negra.

Nicholas la agarró y con sus manos acarició la seda observando las líneas que la atravesaban de manera diagonal.

—Son hilos de plata. —Le aclaró Audrey, él elevó la mirada y ella comprendió la pregunta en sus ojos—. Te lo regalo, es tuyo…
—Pero al ver que no era eso a lo que él se refería continúo—: Era

un regalo para un amigo, pero no importa, se conformara con cualquier otra cosa. —respondió y le quitó la prenda a Nicholas de las manos, dejándola nuevamente sobre la cama.

El plastrón lo había comprado en la india para regalárselo a Malcom el día de la boda, pero sintió que Nicholas lo merecía y que a él se le vería mucho mejor, por el color claro de sus ojos y el oscuro de sus cabellos.

—Gracias, Audrey, pero no puedo aceptarlo —le dijo mientras negaba con la cabeza.

—No puedes… bueno lo siento por ti, pero tienes que aceptarlo, sino me quitaré este vestido y bajaré con el albornoz…—Hablaba y él intervino.

—Es que no es cualquier cosa, esa prenda debió costar una fortuna, seguro puedes comprarte tres vestidos como el que llevas puesto.

—En la India no es tan costoso —le dijo—. Ven acá. —le pidió tomándolo de la mano y acercándolo más a ella—. Esta camisa blanca tampoco me gusta. —Empezó a desabotonársela, se la quitó y la lanzó sobre la cama y se encaminó al armario de él, donde había visto una negra con cuello y puños ingleses.

—Pero voy a estar todo de negro. —Le hizo saber mirándola a través del espejo.

—Eres Drácula, tienes que resaltar… no vas a estar igual que todos, no mientras sea yo quien te acompañe… —Ella se volvió y se quedó observándolo de espaldas como se le veían los omoplatos y los hombros con la camisilla, la cintura y el trasero, sonrió y se encaminó con la camisa en mano, se detuvo muy cerca de él rozando con sus senos la espalda masculina y al oído le susurro—. Tienes un culo perfecto.

Nicholas no pudo controlar la sonrisa que el comentario de ella le arrancó.

—Tú también, por qué crees que me paso tanto tiempo mordiéndotelo. —Le hizo saber con descaro y ella se mordió sensualmente el labio inferior.

—Bueno… bueno ya no perdamos tiempo. —Le dijo colocándole la camisa y antes de bordearlo y pararse frente a él, le apretó fuertemente una nalga, y él espero tenerla en frente para apretarle uno de los senos—. Tranquilo —Le susurró retirándole la mano.

—¿Cuándo viajaste a la India? —preguntó, percatándose en ese momento de que era primera vez en su vida que una mujer no sólo le escogía la ropa, sino que también lo vestía.

—Regresé hace un par de meses, fue mi segundo viaje —respondió pasando la prenda por el cuello masculino.

—¿Te gustó? —inquirió, observando el rostro de Audrey concentrado en armar la prenda.

—Sí... bueno, menos el olor de sus calles, fui para aprender un poco de su cultura —acotó ella.

—¿Su cultura? Nunca imaginé que te gustase la cultura hindú. —expuso él sonriente, sin poder creer que la pelirroja se sintiese atraída por la cultura de otros países.

—Bueno, tampoco lo sabía, pero hay ciertas cosas que me llamaron la atención, sobre todo la sexualidad.

—Ah, ya veo. —dijo él asintiendo y con cierta burla.

—Ya ves ¿qué? —preguntó Audrey sonriente, al intuir a que se refería.

—A lo que tú y yo sabemos, y que me has dejado algo impresionado. —dijo elevando la ceja derecha con sarcasmo.

—¿Te he dejado impresionado? —inquirió y soltó una carcajada—. Si ni siquiera he puesto en práctica nada contigo... pero si prometes portarte bien, te haré sentir esta noche lo que los franceses le llaman La "Petite mort" —Le dijo guiñándole un ojo con picardía, y se alejó al terminar con la prenda.

Nicholas la retuvo por la mano cerrándole la muñeca, imaginándose en ese instante muchas maneras de quitarle el vestido.

—¿Tenemos que ir a la fiesta? —preguntó, evidenciando el deseo que se despertó en él a causa de las palabras de Audrey.

—No sé tú, pero yo sí voy. —Le dijo agarrando con la mano libre el botón de diamante que adornaría el plastrón. Se acercó nuevamente para colocar el prendedor, por lo que Nicholas le soltó la mano y le llevó las manos a las caderas, y ella sólo sonreía al sentirlo temblar, al tiempo que se tensaba y no se rendía a las insinuaciones que él hacía halándola suavemente hacia su cuerpo, porque si sentía la erección naciente en él, sabría que no saldría de la habitación.

—¿Lo has hecho para ponerlo en práctica con alguien? ¿Fuiste sola a ese viaje? —inquirió sin saber por qué se le atravesó en la cabeza que pudo ir con un hombre y en el pecho cierta punzada traicionera lo atacaba.

—Estás listo... vámonos. —Fueron las palabras de Audrey, para evitar el tema—. Seguro ya todos pensaran que no vas a cumplir tu palabra de asistir. ¿Por cierto, estás completamente seguro de que no habrá periodistas? —preguntó aferrándose al brazo que él le ofrecía.

—Seguro, para eso fue la rueda de prensa en la mañana, solo estaremos los mismos de la compañía. —Le hizo saber para tranquilizarla.

Se encaminaron y llegaron al gran salón, donde ya todos se encontraban y muchos ya habían dado por seguro que Nicholas no asistiría, por lo que fue el centro de miradas de casi todos los presentes, algunos felices de verlo, otro con un poco de envidia laboral, algo que nunca podía faltar y otros con admiración.

Robert saludó amablemente a Audrey, les pidió que tomaran una mesa y disfrutaran de la fiesta. Karen se percataba del cambio que Nicholas estaba dando, no se había convertido en la ostia de la misa; sin embargo, se le notaba más relajado y era primera vez desde que lo conocía, que lo veía con una mujer por tanto tiempo, y defenderla de tal manera con Robert, aunque no pasaba a la pelirroja por su desfachatez de estar comprometida y mantener una relación con Nicholas, le agradecía que le brindara la oportunidad de compañía día y noche, para que al menos, él se hiciese a la idea de lo que era tener a una pareja a su lado.

Audrey no podía evitar sentirse incomoda en algunos momentos ante las miradas de los compañeros de Nicholas, que la miraban lascivamente, y ella sabía porque lo hacían. Trataba de concentrarse en la conversación que llevaban a cabo su acompañante y uno de sus compañeros de trabajo más allegado, mientras la voz de Louis Armstrong era un placer para los oídos, ella se encontraba concentrada, observando al cantante cuando sintió una suave caricia en su cuello, logrando que un abismo se abriera en su estómago y su vientre vibrara ante las cosquillas.

—¿Quieres bailar la próxima canción? —le preguntó con un susurro Nicholas al oído, despertando y descontrolando todas las terminaciones nerviosas del cuerpo de Audrey con su tibio aliento estrellarse en su oreja, además de su voz profunda.

Ella no pudo más que asentir lentamente, mientras buscaba en su interior la fortaleza para mantearse en la silla, porque los dedos, índice y medio de Nicholas paseándose lentamente por su cuello amenazaban con elevarla al infinito.

Nicholas sabía que con ese toque la estaba enloqueciendo, por lo que no dejaría de hacerlo, además que a él le causaba un inmenso placer hacerlo y sentir en sus dedos la piel tersa de la chica.

Louis Armstrong terminó de cantar When You're Smiling y Nicholas se puso de pie, tendiéndole la mano a Audrey, no sin antes, pedirle permiso a su amigo. Se encaminaron a la pista de baile y el cantante les amenizó la velada con Only You.

Nicholas se desenvolvía muy bien en la pista, tomando a Audrey entre sus brazos, uniendo sus mejillas, embriagándose con sus aromas y viviendo los temblores que los dominaba a segundos.

—Eres un dechado de virtudes. —Le susurró ella al oído.

—¿Por qué lo dices? —preguntó sonriente, mientras seguía con su mejilla unida a la de Audrey.

—Actúas, bailas, eres buen amante… casi perfecto —Le hizo saber, elogiándolo.

—¿Casi? —inquirió.

—Sí… tal vez, sino no fueses tan orgulloso, impulsivo y algunas veces tan tonto, serias perfecto. —La voz de ella acariciaba los sentidos de él.

—Me cuesta admitirlo, pero tienes razón, sé que soy orgulloso e impulsivo, que digo cosas que todavía no he terminado de pensar y hago cosas de las que luego suelo arrepentirme, a menudo me pregunto: ¿cómo sería si en vez de hacer o decir aquello o lo otro no lo hubiera hecho? ¿Qué sería de mí actualmente? Pero son incógnitas que se pierden entre la bruma de lo indescifrable. —Sin pensarlo, apenas terminó de decir esas palabras, bajó la cabeza y apoyó sus labios en el hombro de Audrey haciéndola estremecer ante el suave y lento beso que le depositó.

Quedándose en esa posición cerró los ojos, mientras bailaba y se embriagaba con el perfume de la pelirroja y que a pesar de la música podía escuchar sus latidos, al tiempo que cerró más el espacio entre los dos, pegándola por completo su cuerpo, amoldándola a él. Era una necesidad que nacía en su interior, sentirla así, mantenerla de esa manera y las ganas de soltarla no las encontraba por ningún lado.

—El hubiera no existe, Nicholas —susurró ella—. Es mejor arriesgarse y cargar con las consecuencias.

Audrey no pudo evitar temblar permanentemente, mientras sentía el cuerpo tibio y fuerte de Nicholas como un escudo que la protegía y la envolvía por entero, cerró los ojos y solo se concentraba en llevar el ritmo de la respiración de él. Deslizó su mano y la posó en el pecho creando la conexión energética directa con su corazón. Nada más profundo, y a la vez vital, que sentir los latidos de dos corazones unidos, mientras la pasión aumentaba, ella lo estaba preparando y él ni enterado.

—Eso es amor —susurró uno de los actores a Robert, al ver a la pareja bailando tan íntimamente y con los ojos cerrados—. Nicholas está loco, ¿qué le pasó? ¿Cómo se va a enamorar de una mujer comprometida? Nunca lo había visto de esa manera —continuaba el hombre mientras Robert miraba a los bailarines.

—El sentimiento llega sin pedir permiso y se lo advertí, le dije que estaba jugando con fuego… Lo veía muy comprometido con esa joven… pero siempre me decía que solo eran amigos… que nada tenía que ver la relación con los sentimientos, pero bueno, él ya es un hombre, solo espero que no se nos tiré por la borda una vez más. —La voz del hombre denotaba su preocupación.

Louis Armstrong terminó con el tema y dejó que la banda siguiese amenizando la fiesta, mientras él descansaba un poco.

Audrey y Nicholas regresaron a la mesa refrescándose con Champagne y retomaron el tema de conversación que llevaban a cabo de la próxima obra que montarían, y el castaño le hizo saber al compañero que interpretaría a Bingley, que Audrey le había ayudado a practicar. Involucrándola en la conversación para que no se sintiera fuera de lugar, mientras las copas y aperitivos llegaban.

Nicholas tomaba sin darse cuenta y el alcohol lo sensibilizaba cada vez más, por lo que tomaba la mano de Audrey y la acariciaba tiernamente o la agarraba y a segundos le depositaba besos, dejándose llevar por los sentimientos que ni él mismo sabía que poseía o no quería dejarlos salir a flote; sin embargo, se encontraba en sus cabales y mantenía una plática profesional.

Ella apenas había tomado un par de copas, y se pasaba la mayor parte del tiempo admirándolo, fascinada por esa elegancia y elocuencia que él poseía.

Nicholas se acercó a ella lo suficiente y posó su mirada en los labios femeninos al tiempo que se humedecía con la lengua los de él, evidenciando las ganas que lo consumían por besarla.

—¿Quieres que regresemos a la habitación? —preguntó en un susurro.

—¿Estás cansado? Si lo estás, no tengo ningún problema en que regresemos. —Le dijo la pelirroja en el mismo tono.

—No… no estoy cansado, únicamente quiero estar a solas contigo, pero ya. —Su voz era muy baja, pero con un poder de convicción extraordinario—. Ya llevamos seis horas aquí. —Le recordó.

—Está bien, pero di que estás algo cansado. —Le aconsejó ella.

—Eso diré, aunque igualmente no me van a creer. —Le guiñó un ojo y se mordió el labio inferior, ganándose con eso una sonrisa pícara de ella.

Nicholas le dio un último sorbo a su bebida y siguió la conversación por un par de minutos, para después excusarse y regresar a la habitación de la mano de Audrey.

Entraron al ascensor y el chico pensó en que el operador no tenía horas libres o no dormía, eran las tres de la madrugada y estaba laborando, sino le hubiese arrancando el vestido a su mujer ahí mismo.

QUINCE

Cuando el ascensor se detuvo en el piso de la habitación que compartían, la tomó de la mano y la haló fuera, encaminándose por el pasillo. Nicholas sabía que el piso se encontraba completamente solo porque todos se hallaban aun en el salón de fiestas.

A mitad del corredor sin pedirle permiso, sin siquiera darle un aviso la acorraló en la pared y empezó a devorarle el cuello, mientras que sus manos ávidas empezaron a subirle el vestido y ella gemía al sentirlo frotarse contra su cuerpo y su boca dejaba un camino húmedo en su cuello.

—Nicholas… por favor detente, cálmate un poco. —Le solicitó, tratando de detener las manos de él.

El chico se alejó para mirarla a los ojos mientras seguía intentando quitarle el vestido y Audrey llevó sus manos y le acunó el rostro.

—Respira… respira… tranquilo, necesito que bajes un poco la excitación… mírame a los ojos y respira. —Le pedía con una dulce sonrisa, y él le regaló una seductora, mientras su respiración seguía forzada.

—Estoy tranquilo… lo estoy. —Le repetía y buscaba la mirada de ella, quien le tomó la mano y se la llevó al pecho y él se apoderó de uno de sus senos masajeándolo suavemente.

—No… no lo estás, solo estás loco por cogerme y tienes que esperar… mírame a los ojos. —Le pidió una vez más, retirando la mano de él de su seno y la elevó un poco más—. Es para que sientas los latidos de mi corazón, no para que memorices la copa de mi sujetador.

Audrey llevó su mano al pecho de Nicholas y la posó sobre el corazón de él, sintiendo sus latidos apresurados y manteniéndole la mirada.

Él se tranquilizó un poco mientras se perdía en la mirada de la pelirroja, y poco a poco, su obsesión por llevarla a la cama bajaba, por lo que le regaló una sonrisa, sintiéndose en paz.

—Así... poco a poco, escucha tus latidos y siente los míos, laten al mismo ritmo... nuestras respiraciones se están sincronizando ¿lo sientes? ¿Sientes lo que nos rodea? Esa sensación que no puedes explicar... Es lo espiritual, son nuestros espíritus que se están acoplando. —Le decía ella muy lentamente sin desviar la mirada.

Nicholas podía sentir cierta energía envolverlo, una especie de paz que se dio poco a poco, pero que no podía comprender, para él era algo tan nuevo, como extraño.

—Vamos a la habitación —le pidió ella tomándole de la mano. Al llegar a esta, Audrey empezó a desvestirlo, en medio de agónicas caricias.

Nicholas intentaba hacerlo con la misma lentitud, con el mismo esmero que ella lo hacía, verla como le quitaba una a una las prendas como si estas fuesen de cristal y pudieran romperse mientras se las sacaba de encima, le mantenía el contacto visual, pero sus manos una vez más buscaron las caderas de la pelirroja y la acercaron hacia él, mientras sus dedos atrevidos subían lentamente la prenda.

Audrey le ofreció los labios con un beso lento, pero apasionado, y Nicholas una vez más se descontroló al sentir la lengua de ella vagando lentamente por su boca y atrapando la de él, por lo que hizo el beso más intenso y rápido, forzando una vez más las respiraciones.

Le quitó por fin el vestido, y sin perder tiempo, todas las demás prendas dejándola completamente desnuda delante de él.

Audrey sabía que para Nicholas sería imposible, no estaba acostumbrado y necesitaba mucha concentración y práctica para poder llegar al momento perfecto; sin embargo, había otras maneras de hacerlo llorar con un orgasmo y era lo que quería lograr, quería verlo llorar.

—Es imposible, de esta manera no podrás... —susurró sintiendo como le apretaba el trasero y la acercaba a él—. No tienes idea de las tantas sensaciones de placer que te pierdes, siempre por ir rápido. —Le dijo haciéndolo retroceder un paso y que cayera en la cama y ella encima de él.

—Estás queriendo decir que soy malo, ¿dónde quedaron tus halagos de hace unas horas mientras bailábamos? —inquirió desconcertado.

—No he dicho que seas mal amante, de hecho, eres intenso y sabes complacerme, solo que podrías alargar más el momento, digamos unas tres horas como mínimo.

—¡¿Tres horas?! —preguntó sorprendido.

—En realidad podrías llegar a nueve, pero aún no estás preparado… Te voy a regalar un libro, para que vayas entendiendo un poco de que se trata, solo puedo adelantarte que la sexualidad nos acerca a los dioses… entre la filosofía que nos imparten, nos dicen que el mundo fue creado después del acto sexual entre dos dioses. El sexo no solo es el placer del orgasmo también es algo sagrado… pero eso lo entenderás poco a poco… ahora puedes dejar de mirarme como si estuviese demente, y ya que no quieres algo espiritual, te voy a regalar algo sumamente carnal y no te quejes. —Le advirtió y en respuesta recibió que Nicholas la rodeara con sus brazos y la colocó bajo su cuerpo, besándole hasta la sombra, arrancándole gemidos.

—Lo haré, me voy a memorizar el bendito libro, porque si son nueve horas en esto, en tu cuerpo, lógicamente tiene que ser algo espiritual… —Le dijo, dejando el aliento sobre los labios entre abiertos de la chica, en medio de ese fuego contra fuego que se habían convertido sus cuerpos.

Audrey le abrió las piernas y se aferró al trasero del chico, para que la colmara, la elevara y esperar que él estuviese a punto de llegar; sin embargo, le haría experimentar la muerte de los sentidos. Jadeando y escuchando los jadeos y gruñidos de él en medio de sus acometidas.

Audrey lo hizo girar y ella quedó encima de él, cabalgándolo lentamente, y cuando percibió la necesidad en Nicholas, al escucharlo jadear y boquear más seguido, Audrey se detuvo y bajo del cuerpo de él.

—¡Audrey! Estás loca… —reprochó tratando de tomarla por la mano y hacerla regresar.

La chica agarró el plastrón y una vez más subió sobre él, quien se desesperó y era él quien la atravesaba impulsándose con sus pies, ella aprovechó y le pasó el plastrón por debajo del cuello, él por estar concentrado en ascender al cielo no le prestaba atención y le facilitaba los movimientos.

La pelirroja cruzó la tela de seda para poder cerrarle el cuello y los extremos, los enrolló en sus manos para hacer la prenda más corta, empezó lentamente a apretar.

—¿Qué haces Audrey? —preguntó en medio de la excitación, al sentir cómo la tela empezaba a quemarle el cuello.

—Intento hacerte alcanzar la "Petite mort" —le dijo apretando un poco más.

—Pero no lo harás literalmente ¿o sí? —inquirió sintiendo cada vez más la prenda reducirle el paso del oxígeno.

—Más o menos —le dijo con media sonrisa—. Tú tranquilo, solo relájate y no hagas nada, yo me encargo de todo... que ya casi estás. —Apretó aún más, empezó a danzar intensamente sobre él.

Nicholas casi no podía respirar, pero las intensas sensaciones que lo asaltaban no le dejaban opción para hablar, ni para pedirle que se detuviera, ella apretaba, apretaba y apretaba. Se movía, se movía y se movía.

A Nicholas todo se le desdibujo. Sintiéndola a ella cabalgar sobre las olas de los sentidos, y el placer duraba mucho, mucho tiempo.

Nicholas se sintió morir convirtiéndose en pura energía y todos sus átomos se iban mezclando con el resto del Universo. Ni paraíso, ni infierno, eso era mucho mejor, Sintiéndose una unidad, o sencillamente el universo entero.

Sentía una mezcla de energía con Audrey, que lo hizo viajar y fundirse, terminando rendido y volviendo a su estado humano. En un viaje celestial, alcanzando la pequeña muerte, casi literalmente porque su corazón se detuvo y su cerebro no recibió oxígeno en el tiempo exacto, para hacerle experimentar el estallido de placer nunca alcanzado, tanto que se quedó sin voz y no fue consciente en qué momento ella dejó de asfixiarlo y sus pulmones se llenaron una vez más.

Al regresar a la realidad no pudo controlarlo, todo el tumulto de sensaciones lo hizo explotar y unas lágrimas se liberaron.

Audrey se encontraba rendida sobre su pecho y aunque no lo vio llorar sí supo que lo estaba haciendo, porque con sus manos temblorosas, le estaba secando las lágrimas, ocasionadas por algo que no tenía nombre, porque fue mucho más que un orgasmo, mucho más, no sólo le dolía el cuello, sino también la tráquea, pero pasaría infinidades de veces por esa agonía de sentirse asfixiado si como resultado alcanzaría tal grado de placer.

Ella empezó a besarle el pecho y él como agradecimiento le besó los cabellos, mientras le quitaba con cuidado lo que quedaba del peinado, soltándole completamente la lluvia de cabellos que se derramaron sobre su pecho y cuello, después de algunos minutos que les llevó tocar tierra, de calmar el placer que cabalgaba desbocado, se acostaron y Nicholas por primera vez después de haber dormido con ella por diez noches la refugio en sus brazos, durmiendo abrazados, pero no se dijeron nada. Solo se mantuvieron en silencio, tratando de descifrar lo que sentían.

Nicholas despertó a consecuencia de la claridad en la habitación que le anunciaba que ya sería más de media mañana, en medio del sueño no era mucho lo que se habían movido, Audrey parecía una gata dormida, refugiándose en el calor de su costado, en un impulso le acarició con las yemas de los dedos la cadera, subiendo por su torso y haciendo suaves círculos sobre el hombro femenino, ante las sutiles caricias, ella solo se aferró más a él, quien no pudo evitar sonreír, mientras la admiraba despeinada y aun con rastros de maquillaje, que la hacían lucir entre sensual y salvaje, pero también irradiaba ternura, esa que solo encontraba en ella mientras se encontraba dormida.

Sonreír lo había empezado a hacer muy a menudo desde que estaba con ella, batallando con el montón de ideas que inmediatamente se formaron en su cabeza, quería, necesitaba, dar ese paso, pero primero debía enfrentar el pasado, afrontar que ya nada del pasado importaba.

Sabía que sólo una mujer había causado ese efecto en él, otra que de igual manera había ocupado sus pensamientos a cada momento, pero de eso ya habían pasado más de cinco de años, muchas veces la recordaba con nostalgia, añoraba tiempos de antaño, sobre todo por revivir esas sensaciones que lo invadían cuando estaba con ella, el ver su sonrisa y sus ojos, pero había descubierto que ahora eran más intensas, que con el paso de los años el sentimiento aumentaba de intensidad y lo que estaba sintiendo por Audrey no se comparaba con lo que había sentido por Michelle, eran diferentes y bonitos, por llamarlo de alguna manera.

«Michelle… he dejado de quererte y la única respuesta que encuentro, es diferencia… sí, solo diferencia y solo hasta ahora me doy cuenta… esa diferencia está entre el día que decidí dejar de quererte y el día que lo conseguí… tal vez es fácil decirlo, pero bien sé que entre ello pasó tiempo, pasó mucho tiempo» —Era como si hablara con ella mentalmente, explicándole las razones de sus nuevos sentimientos—. «Me costó tanto hacerlo, pensé que nunca podría lograrlo, que te me habías clavado en el pecho como una espina mortal, pero que me mantenía vivo, no recuerdo qué día fue, pero sí sé que una mañana me desperté y ya no estabas ahí oprimiéndome el pecho… cuando tu recuerdo se esfumó también se llevó todo, solo vivía por mí, sin sentir, sin querer, sin anhelar un futuro, vacío… me sentía vacío y ahora… ahora me siento confundido, vuelto mierda… porque nuevamente estoy anhelando, extrañando. Es absurdo que niegue mis deseos después de tantos años, cuando ni yo mismo me aguanto, y lo peor es que es por la persona que una vez nos separó, es a quien siempre rechacé y odié, quien no me producía nada más que desprecio y que es tan putamente creída, exteriormente es perfecta.» —Una sonrisa sensualmente torcida, se formó en sus labios al ver la anatomía de la pelirroja desnuda a su lado. —«Ni como negarlo.»

En ese momento el timbre del teléfono sonó sacándolo bruscamente de sus cavilaciones, estiró rápidamente la mano y lo agarró, no quería que el sonido molesto despertara a Audrey.

—Buenos días, sí, apenas voy despertando…. Dame media hora y bajo Robert. No, ya todo está listo. —Colgó y con mucho cuidado salió de la cama, se encaminó al baño, se duchó rápidamente y se colocó ropa ligera, estaba por salir, pero regresó sobre sus pasos al ver a Audrey de espaldas y desnuda, se colocó de cuclillas y le depositó un suave beso en una de las nalgas al tiempo que tomaba la sábana, la admiró mientras la arropaba y después besos sus cabellos.

Salió de la habitación y se reunió con todos los de la compañía, que, al día siguiente, continuarían con la gira. Robert les pidió que tuviesen todo preparado para que cuando les tocase viajar por la mañana, no estuviesen dando carreras.

Apenas la reunión terminó Nicholas habló con el gerente del hotel. Necesitaba encontrar un auto de alquiler, quería antes de irse de California ver un atardecer desde la orilla de la playa junto a Audrey, como era de esperarse, el hombre no se negó y le informó que a las cuatro de la tarde le tendría un auto.

El chico agradeció y regresó a su habitación, cuando entró se encontró a Audrey sentada en la cama con un albornoz de baño y desenredando sus cabellos húmedos, evidenciando que apenas terminaba de bañarse.

Ella le regaló una sonrisa y él se sentó frente a ella, apoyándose con una rodilla se incorporó un poco y acunó el rostro de la chica, besándola lenta e intensamente.

—Ya todo está listo… ven conmigo a Nevada. —Le pidió, acariciándole con sus pulgares los pómulos de la pelirroja.

Ella lo miró en silencio, mientras el corazón le latía rápidamente, terminó por bajar la mirada.

—No puedo, Nicholas —susurró con un extraño nudo en su garganta.

—No te preocupes, Robert lo ha permitido… te acepta dentro del elenco. —Le dijo emocionado.

—No… Nicholas, es que no es Robert, yo tengo que regresar a Chicago. —La voz empezaba a vibrarle ante las emociones que se despertaban en ella, al ver el desconcierto en el rostro de él.

—Piensas que se molestara tu familia… No seas miedosa, después de todo no eres tan arriesgada como pensé. —Se burló, tratando de aligerar la tensión en el ambiente.

—Tengo que casarme —soltó sin más y el rostro de Nicholas palideció—. En un par de semanas es la boda y no puedo acompañarte. ¿No lo sabías? —preguntó al ver que él no mostraba ninguna emoción, solo la miraba a los ojos como si no pudiese creer lo que ella le decía—. En todos los diarios se ha anunciado mi boda, todos tus compañeros lo saben, ¿acaso no te has dado cuenta cómo me miran?

—¿Me has visto con algún diario en la mano, desde que estamos aquí? —inquirió encontrando la voz en las emociones de rabia y dolor que lo gobernaban. Ella sólo negó con la cabeza—. Voy a bajar, cuando regrese no quiero que estés aquí, no quiero verte más. —Le dijo con voz pétrea incorporándose, y ella lo retuvo por la mano.

—Nico... pídeme que no me case... pídemelo y me voy contigo a Nevada... a dónde quieras me iré contigo. —Le dijo mirándolo a los ojos, y los de él reflejaban cientos de cosas, ninguna buena.

—No quiero verte nunca más —repitió lentamente, pero con toda la convicción que poseía.

Se veía tranquilo, no mostraba estar dolido, sí molesto, pero no destrozado como ella se estaba sintiendo en ese momento, lo vio salir por la puerta y al cerrarla lo hizo normalmente, no la azotó como esperaba, que dejase al menos en el golpe la rabia.

El corazón de la pelirroja se desbocó, un gran vacío se abrió en su estómago y su pecho, mientras sentía las lágrimas subir por su garganta como un río desbocado.

—No voy a llorar... no voy a llorar. —Se repetía con voz ronca y una lágrima se desbordó, por lo que se la limpió bruscamente—. No voy a llorar. —Se repitió y se puso de pie, buscó su ropa, se vistió y llamó para que le ayudasen a bajar el equipaje, salió del cuarto dejando sobre la cama el vestido que él le había regalado, el libro que le había prometido y el plastrón de seda hindú. En el lobby intentaba controlar el llanto, ese que estalló una vez dentro del taxi que la trasladaría a la estación de trenes.

144

DIECISEIS

Estoy hambriento por degustarte
puedo sentir tu presencia en mi corazón
aunque pertenezcas a otro mundo.

Nicholas se encontraba en el bar frente al hotel, vio a Audrey subir al taxi y marcharse, tenía ganas de salir corriendo y suplicarle que no se fuera, que no se casara, sobre todo, tenía unas ganas inmensas de llorar. Las cuales ahogó con un trago de brandi, rescatando la entereza de su orgullo, le dio otro sorbo a la bebida sintiendo como le quemaba la garganta y en su estómago se revolvía con el desayuno.

Estaba por pedir otro trago, cuando desistió. No quería y no iba a emborracharse, Audrey Davis no lo merecía, no merecía que se desboronara por ella, que no era más que una perra mentirosa. Por lo que regresó al hotel, entró a la habitación, encontrándose con el libro que ella le había prometido, fijó su mirada en la portada.

—Tantra de la Gran Liberación, de Sir John Woodroffe. — Leyó en voz alta, para después dejarlo caer sin ningún cuidado sobre la cama.

Agarró la caja de cigarrillos de la mesa de noche, junto al encendedor y se dirigió a la pequeña terraza, dejándose caer sentado en una de las sillas de ratán y se fumó dos, tal vez tres cigarros, mientras sentía el tiempo pasar lentamente, y más de una vez el subconsciente lo traicionó al mostrarle en ocasiones la sombra de la pelirroja, por lo que volvía la cabeza a la habitación y

145

en pensamientos se decía que el lugar no era lo mismo sin ella y sin su desorden.

La hora del almuerzo había pasado y él no tenía apetito, por lo que no bajó al restaurante, entrada las cuatro de la tarde llamaron a su puerta, sin mucho ánimo se puso de pie y se encaminó, al abrir se encontró con uno de los botones.

—Señor, el auto de alquiler está en el estacionamiento. —Le dijo entregándole las llaves.

—Gracias. —Apenas esbozó el actor y después de la reverencia del chico cerró la puerta.

Lanzó las llaves en una de las mesas, sabía que no tenía ningún caso salir del lugar, pero después de meditarlo por varios minutos, decidió hacerlo y distraerse un poco, expulsar a Audrey de sus pensamientos y superar el error que había cometido, al permitir dejarle que se apoderara de sus sentimientos. Como tenía planeado, se fue hasta la playa para observar el atardecer, y por más que intentaba pasar el nudo en su garganta, no podía, no pudo luchar y unas lágrimas le ganaron la partida, sintiendo rabia en contra de sí mismo, pero había decidido no dejarse vencer.

Al día siguiente partieron a Nevada, ninguno de sus compañeros preguntó por la pelirroja, y cuando alguno quería acercarse a Nicholas, él sencillamente se alejaba. En cada función Nicholas daba lo mejor de sí, se decía que lo único que no le fallaba, ni lo decepcionaba era su pasión por el teatro, por lo cual dejaba todo de sí sobre las tablas.

Estaba en la habitación del hotel en Nevada, mientras todos celebraban en el salón de fiesta como era costumbre, después de un rotundo éxito en la ciudad, dentro de dos días viajarían a Washington. Un llamado a la puerta a la una de la madrugada lo desconcertó, dejó de lado el libreto que estaba estudiando y se encaminó a abrir, encontrándose a Karen.

—¿Puedo pasar? —preguntó la chica con media sonrisa, y él le hizo un ademán para que entrase—. ¿Qué pasó Nicholas? —inquirió tomando asiento en la cama.

—Esta vez no me equivoqué en las líneas, lo hice perfecto… y no tengo ganas de asistir a la reunión. —Le dijo con sarcasmo, retomando el asiento que ocupaba.

—No me refiero a eso… Bueno las veces que… exactamente no te equivocaste; por el contrario, agregaste unas líneas y no

146

fueron para mí, porque ni me miraste… sabes que no me cae bien la chica Davis, pero a ti sí y es lo que importa. —No sabía cómo hablar con el chico, intuía que algo había pasado entre ellos, sobre todo por la actitud taciturna de su compañero durante los ocho días que habían pasado.

—Se acabó… era una aventura y terminó, ¿sabes que se va a casar? —inquirió queriendo parecer tranquilo y demostrarle a Karen que no le afectaba hablar de Audrey con ella.

—Sí, pero tú parecías no saberlo, digo por cómo te comportabas con ella.

—De hecho, no lo sabía —dijo soltando media carcajada, disfrazando la decepción—. Ella me lo dijo cuándo le propuse que me acompañase a Nevada.

—¿Entonces te engañó todo ese tiempo?

—No lo llamaría un engaño exactamente, solo que nos prometimos no hacer preguntas… aunque nunca le vi ningún anillo de compromiso… pero eso es otro asunto. ¿A qué se debe tu visita? —espetó, queriendo desviar el tema.

—No sé… la verdad, no sé de qué hablar, ni qué decirte… solo quiero darte un consejo… Nicholas. ¿Por qué no dejas de lado el orgullo? Y te arriesgar a ser feliz, a luchar por tu felicidad sin importar la de los demás, ¿qué importancia tiene Susana? Si no eres feliz con ella, solo te hace amargado, sé que eres caballeroso y que quieres cumplir promesas y responsabilidades, pero Susana no es tu responsabilidad, ni es tu deber cumplir promesas que otros te impongan. Eres tú quien decide con quién ser feliz, eres tú, no los demás, nadie puede elegir por ti y si tu felicidad está al lado de la Davis, deberías luchar, porque estoy segura de que esa mujer te miraba con amor. —Terminó por decir y se puso de pie—. Por una vez, lucha, pelea con uñas y dientes por lo que quieres y no solo lo hagas por conseguir un papel dentro del teatro, hazlo también por tus sentimientos. —Se encaminó y salió de la habitación.

Al día siguiente Robert los reunió a todos para anunciarles, que la gira sería suspendida, que prepararan todo, regresaban a Nueva York, esto a la compañía le costaría una fortuna, pero Nicholas prometió pagarle todos los gastos, ya que a él se le había presentado una emergencia y tuvo que viajar por la madrugada a Nueva York, tenía un compromiso que romper.

DIECISIETE

Espero en silencio una señal o una mirada tuya.

Había llegado tarde.

En la iglesia solo se encontraban los arreglos florales adornando los bancos y los pétalos de rosas esparcidos en el suelo, anunciándole que ya se había celebrado la ceremonia. Sin embargo, ella le había enseñado que nunca era demasiado tarde, siempre se podía retroceder o detener el tiempo. Romper las leyes y los prejuicios, para alcanzar lo que se deseaba, arañar la felicidad solo dependía del valor que cada uno poseía.

Era preciso luchar con uñas y dientes por un objetivo. Si todo se valía en la guerra que era un sinsentido, cómo no podía valer todo en el amor, cuando el único propósito era pelear por lo que se amaba.

Se dejó llevar por ese sentido de lucha que nacía en él, y sin darse por vencido, se fue a buscarla, estaba dispuesto a acabar con el mundo si era preciso.

El vals que seguramente bailaban los novios, se escuchaba en el pasillo, por lo que apresuró sus pasos. La decoración en tonos clásicos del salón de fiesta, le gritaron que así sería la vida que le esperaba, pero era demasiada mujer para seguir patrones.

Al llegar fue el centro de miradas de casi todos los presentes, que no esperaban al actor entre los invitados; sin embargo, pocos le dieron importancia.

Nicholas, después algunos años veía nuevamente a Michelle, su exnovia, y de la que siempre estuvo enamorado. Estaba ahí, hermosa, como un ángel dorado, iluminando gran parte del salón.

La reacción en las facciones de ella demostraba sorpresa y tal vez amor, ilusión y felicidad al verlo, pero él ya no sentía lo mismo, su corazón no latía de igual manera. Había quedado en el pasado, en una utopía de su adolescencia. En esa necesidad de que alguien lo rescatase de esa soledad en la que vivía, en esa separación dolorosa, y con los años comprendió que definitivamente Michelle no era la mujer merecedora de sentimiento tan intenso.

No luchó por ese amor, no dio la pelea, se dejó vencer y él necesitaba a alguien que diera todo. Que apostara la vida, que fuese intensa y apasionada, demostrándole que pasara, lo que pasara no iban a existir nunca adversidades que los separasen. Y no salir corriendo a primeras, a obligarlo, imponerle algo que no quería, en ese entonces, solo necesitaba su apoyo y no lo encontró, anhelaba estar con ella y decidió alejarse.

No quería para él a alguien que pensara primero en los demás, quería ser él lo primero de esa persona. El primer suspiro de las mañanas, primer pensamiento, primera mirada… quería ser el primero en todo, absolutamente todo.

Que lo desease con arrebato y descontrol, que le demostrase que, aunque el mundo se estuviese cayendo tendría a esa persona amarrada a él, y no tratando de salvar algo que igualmente se iría a la mierda. Que su última mirada se fundiera en la de ella y no en su espalda porque solo la vería correr detrás de alguien más para rescatarlo. Aunque nadie se interesa por lo que pudiera pasarle a ella. Había aprendido a odiar ese sentido de altruismo en Michelle.

Desvió la mirada del ángel dorado y la posó en el centro de la pista. En el demonio pelirrojo que llevaba el ritmo del vals, en medio de llamas de pasión que lo encendían con solo mirarla. Aún con el vestido de novia y tiara, que hacían su mayor esfuerzo por hacerla lucir como alguien casta y pura; sin embargo, no obtenía el resultado esperado. Ella era lujuria, era obsesión que lo envolvía y la prefería desnuda.

La mirada zafiro se encontró con la marrón y todo alrededor desapareció, los latidos de los corazones se descontrolaron y las sonrisas de felicidad brillaron.

Nicholas irrumpió en medio de la pista. Tomó a Audrey por un brazo y la haló, dejando al recién esposo desconcertado, y un murmullo empezó a pulular entre los invitados. Caras de sorpresa, angustia, dolor, tristeza, rabia, satisfacción y muchas más reinaban en el lugar.

—No habrá barrera en el mundo que no rompa por ti —Le dijo y se encaminó con ella, que con la mano libre se subía la parte delantera del vestido de novia, para poder caminar más rápido.

Audrey sentía la mano de Nicholas envolver la de ella, mientras intentaba llevarle el paso y el velo se le enganchaba a uno de los adornos florales, utilizando su mano libre para halarlo con energía, y éste cayó sobre la alfombra, por fin salieron al pasillo que los sacaría de ese lugar, dejando atrás a todos desconcertados.

—Espera… espera… no tengo casi aliento. —Le pidió ella con voz ahogada, por llevar puesto un vestido tan pesado.

Nicholas se detuvo y llevó sus manos a las mejillas de la chica, atrayéndola hacia él con vehemencia y le depositó un beso intenso, uno que saciaba las ganas de los últimos días, robándole el poco de aliento que le quedaba, acariciando con su lengua la de ella, succionándola y adueñándose de cada partícula de su ser, hasta que él mismo necesitó oxígeno y fue reduciendo el beso.

—Creí que no querías verme nunca más —acotó la pelirroja, abriendo los ojos lentamente y ahogándose en el zafiro, mientras sonreía dulcemente, emergiendo del mar de emociones en cual se había sumergido.

—Yo también lo creía —susurró él, y le dejó caer una lluvia de besos húmedos y lentos, sobre los labios hinchados y palpitantes de la pelirroja.

—¡Audrey! —Malcom interrumpía en el lugar—. ¡¿Me puedes explicar?! —El tono de su voz evidenciaba la molestia y confusión que reinaba.

Nicholas le tomó la mano de Audrey y la haló para seguir con su camino, emprender la huida, pero ella no se movió, por lo que el chico la miró a los ojos.

—Necesito darle una explicación —murmuró mirándolo a los ojos, y él solo asintió en silencio.

La chica con su mano libre le palmeó suavemente el pecho, al tiempo que Nicholas le soltaba el agarre, y se encaminó hasta donde se encontraba su esposo, quedando a una distancia prudente. Nicholas podía ver la molestia en los ojos del esposo de Audrey, por lo que dio dos zancadas para estar más cerca. —Malcom… yo no puedo quedarme aquí, no contigo… yo quiero a Nicholas, toda mi vida lo he querido… siento mucho que las cosas se dieran de esta manera.

La chica hablaba y veía cómo las personas llegaban y se paraban a cierta distancia para disfrutar del espectáculo, haciendo todo más difícil.

—Me has decepcionado Audrey, siempre lo supe… no merecías el sacrificio que hacía por ti, solo eres una buena cama, porque no eres más que una estúpida cabeza hueca —hablaba con toda la rabia que sentía de momento, ante su orgullo herido y la vergüenza de ver cómo su esposa se marchaba con otro.

Nicholas no permitiría que insultara a Audrey. Se comprendía que estuviese dolido, pero no tenía que usar calificativos tan bajos para con ella, por lo que agarró a Audrey por el brazo y la colocó detrás de él, sirviéndole de escudo a la pelirroja.

—¡Quédate con tu actor de mierda! —exclamó molesto, mirando a Nicholas a los ojos, quien no decía nada, sabía que si decía una sola palabra solo complicaría las cosas, y de momento, no quería dar un espectáculo, solo llevarse a Audrey, nada más.

—Solo espero que no vengas a suplicarme que regresemos, porque no lo voy a hacer… no tienes idea del favor que me has hecho, me has dejado el camino libre… —escupía las palabras mirando a Audrey—. Es justo que te enteres que no me haces ningún daño… no creas que me voy a echar a morir por lo que estás haciendo, solo me estás liberando de tus estupideces… —Sus palabras fueron cortadas por un golpe en su quijada, ese que Nicholas le atinó sin previo aviso, arrancando murmullos de asombros y otros de burla en medio de los presentes.

—No te permito que sigas insultándola… Vámonos Audrey. —Le dijo tomándola de la mano.

Malcom movió la mandíbula para pasar el dolor, admirando a la pelirroja que tenía la desfachatez de mirarlo con pesar, y si quería que se entrara a golpes con el actor de quinta por ella, estaba muy equivocada, no la daría el gusto a ninguno de los presentes. Era un hombre con distinción, no le gustaba liarse a golpes con nadie.

—Me envías la dirección del hueco donde te vas a meter, solo para hacerte llegar los papeles del divorcio, lo necesito cuanto antes… porque me voy a casar con la mujer a la que verdaderamente quiero… por si no lo sabías… No verdad, no lo sabias —dijo con descaro, con toda la intención de humillar y maltratar a la pelirroja—. Llevo dos años cogiendo con tu prima… sí, a la que tanto odias. —Le aclaró.

Audrey miró a Malcom sin poder comprender, sin querer creerlo, tanto su vista como la de Nicholas se posaron en Michelle, quién salía del salón, y la mirada de la rubia sobre ellos les dejaba claro que él no estaba mintiendo.

Michelle aún temblaba. Eran muchas emociones en un solo día, primero el sufrimiento de ver como Audrey una vez más le ganaba, al casarse con el hombre que ella quería y la impresión de ver nuevamente a Nicholas después de tanto tiempo… después de seis años.

Por la mirada de Audrey y de Nicholas sobre ella, era evidente que Malcom había dejado al descubierto su secreto, ese que empezó cuando él fue hospitalizado por una bronquitis aguda, y ella fue su enfermera de cabecera, él era un hombre extraordinario, cariñoso, sencillo, después de quince días le dieron de alta y dos días después la estaba esperando a la salida del hospital, convenciéndola para que fueran a comer.

Ella aceptó, después de todo eran amigos y después de un tiempo, se rindió al cortejo de él, decidió que podría ser feliz, que Malcom Fitzgerald podría ser esa felicidad que estaba buscando, ella no tenía a nadie, vivía sola en su apartamento, y él se convirtió en su compañero permanente, muy tarde, después de varios meses y de entregarse a él no solo en cuerpo, sino en alma, se enteró de que era el prometido de su prima.

Quiso morirse, lo echó de su vida, pero él no quería salir, iba una y otra vez a decirle que no quería a Audrey, que solo cumplía con un deber, que su madre, era la única empeñada en esa relación.

Él se había convertido en su debilidad, en un vicio en el que caía una y otra vez, el tiempo pasaba y ella seguía hundiéndose en el fango, disfrutaba de los momentos de intimidad con él, de sus caricias, de sus besos, de esa manera tan lenta y apasionada de él al amar, pero cuando se iba, quedaba ella sola y su conciencia, esa que la atormentaba, porque aun cuando Audrey se había empeñado en ser su enemiga, sabía que no merecía lo que ella y su prometido hacían a sus espaldas.

Hasta que un día lo decidió, fue definitivo, encontró el valor para no recibirlo más, fue cuando él le envió varias cartas y después se fue a la India con Audrey, de más estaba decir que quiso morirse, y que si no fuese, porque su padre le pidió, prácticamente le suplicó acompañarlo al enlace matrimonial, no estuviese ahora sintiendo que el mundo se le iba por los pies, que un abismo estaba a punto de tragársela, pero no lo hacía, solo la tenía en ese estado de zozobra de caer y no caer.

—Mierda... Eres una mierda... —susurraba Audrey, con los dientes apretados y las lágrimas nadando en sus ojos, por saber que estuvo a punto de unirse a un hombre que la engañaba con la mujer a la que más despreciaba. El solo hecho de saber que lo había besado después de que lo hiciera con Michelle, le causaba asco—. Los dos son una porquería... No valen nada —Le decía con ira.

—¿Y tú sí? —inquirió Malcom con un dejo de burla, porque había logrado el objetivo.

—Audrey, mejor vámonos... No importa. —Le dijo Nicholas tomándola por la mano y encaminándola, no sin antes, dedicarle una última mirada a Michelle.

Una mirada de lástima, por saber qué tan bajo había caído, que circunstancias de la vida la habían orillado a hacer lo que hizo.

Audrey sí la miró como si quisiera asesinarla, con odio y resentimiento, haciendo evidente ante los presentes que algo de lo que estaba pasando relacionaba a Michelle.

DIECIOCHO

Salieron del lugar y abajo los esperaba el auto de Nicholas, subieron y arrancaron. Se mantuvieron en silencio, mientras cada uno ponía en orden sus ideas, tratando de comprender la locura en la que estaban envueltos y las verdades que les estrellaron en la cara.

Audrey se llevó las manos al rostro y lo cubrió dejando caer pesadamente la cabeza sobre sus rodillas, quedando hundida en el montón de encaje del vestido de novia, le costaba creer que Malcom le hubiese hecho tal vileza, él sabía muy bien que ella odiaba a Michelle.

Lo sabía, y entonces algunas cosas empezaron a encajarle, como cuando él la defendía, sutilmente, pero lo hacía y le vio la cara de estúpida por tanto tiempo, dos años, fueron dos años y ella que muchas veces se reprochaba su comportamiento con Nicholas, hasta supo que tenía conciencia, porqué se sentía mal por su prometido, quien no era más que una rata asquerosa.

Al menos ahora tenía una carta bajo la manga, si alguno quería reprocharle su actitud de escaparse, sabría perfectamente por donde atacar, y no podía evitar sentir que las cosas a pesar de ser algo inesperadas para ella se dieron de la mejor manera.

—Si quieres puedes llorar —susurró él, con la mirada en el camino.

Audrey al escuchar la voz aterciopelada de Nicholas, elevó la cabeza lentamente y se quedó observándolo por unos segundos.

—¿Llorar? —preguntó ella, y soltó media carcajada—. Crees que quiero llorar, cuando nunca en mi vida he estado más feliz… —dijo incorporándose un poco, rodeando con sus brazos el cuello de Nicholas. Le depositó varios besos en la mejilla y le encantaba sentir sobre estos la piel de él que le dejaban saber que estaba riendo—. Me trago mis palabras —susurró en el oído del castaño—. Tienes más pelotas que cualquier hombre que haya conocido. —Le confesó succionando el lóbulo de la oreja.

—Pensé que te había afectado lo que dijo tu marido… Intenté llegar antes de que te casaras, pero no pude. —Le explicó ronroneando e intentando mantener el control del volante ante las piruetas que Audrey hacía en su oído con la lengua.

—Apenas me lo dijo no me lo pude creer, pero como él no me importa, ahora me da igual… ¿A ti te importa? —inquirió metiendo su mano través de la camisa de Nicholas y acariciándole el pecho, sintiendo cómo las tetillas de él demostraban que lo estaba excitando.

—Si lo dices por Michelle… No, no me importa, solo espero que sea feliz con él —dijo con toda la sinceridad—. No sé qué me hiciste, que solo me importas tú.

Audrey se alejó y dejó libre un grito de satisfacción, ante lo que él le regaló media carcajada.

—¿Te vas a poner romántico? —preguntó acercándose nuevamente y besándole el cuello—. ¿Me vas a decir lo que sientes por mí?… Di que estás loco por mí. —Le pedía bajando su mano y apoderándose de la entrepierna, acariciándola con frenesí.

—Estoy conduciendo Audrey… ¿Por qué no empiezas tú? —inquirió divertido.

—Solo si me dices qué pasó con Susana… No quiero competir ahora contra una inválida manipuladora —expuso dejándose caer sentada y cruzando los brazos sobre su pecho como una niña malcriada.

—Se acabó. —Fue la respuesta de él—. ¿Acaso no has visto los diarios? —inquirió con burla.

—No… no los he visto, pero te toca ahora decirme cómo te enfrentaste a ese terremoto obsesivo.

—No me enfrenté, solo me dejó una carta, diciéndome que estaba cansada de mis infidelidades, que alguien le había dicho que a la gira me llevé a la mujer con la cual me quedé encerrado en el camerino, que fue la misma que me citó en un edificio abandonando y donde nos vio tener relaciones como si fuésemos animales famélicos, fueron esas sus palabras expuesta en la carta, y

155

que esa mujer se hizo pasar por su amiga… —Desvió la mirada a Audrey, quien boqueó como pez fuera del agua.

—Yo… yo… no le dije… —Dejó libre un suspiro ante la mirada de Nicholas—. Bueno sí, está bien, yo se lo dije, la cité para que viera que tú no la querías, para que abriera los ojos, pero exageró con eso de que parecíamos animales famélicos, ¿crees que lo parecíamos? —indagó mordiéndose el labio inferior, y Nicholas solo elevó una ceja a modo de sarcasmo—. ¿Y qué más pasó?… No me lo creo, ¿Solo eso, se fue y ya? ¿Ni siquiera te dio pelea?

—No… nada más, cuesta creerlo, pero quien rompió el compromiso fue ella, y yo ni enterado, lo hizo un día antes de que yo llegara. Se escapó, se fue sin más, su madre tampoco sabía nada, la encontré desconsolada, bueno de por sí su madre exagera, pero estaba algo afligida, porque en la carta que le dejó a ella le informó que se había ido con Axel, para ser feliz. —Hablaba, muy tranquilo como si se hubiera quitado ese gran peso que llevaba encima.

—Axel. ¿Quién es Axel? —preguntó la pelirroja, sin poder creer que Susana se hubiese escapado con otro hombre.

—Axel era el chofer que yo mismo le había contratado —dijo y no pudo evitar sonreír sin ganas.

Pero Audrey soltó una reverenda carcajada, de la cual él se contagió.

—¡Y yo que pensaba que era la maldita! La zorrona… mira las dos estrellas que nos salieron hoy, nosotros estamos de biberón Nicholas —decía en medio de las risas, y en ese momento se quitó el velo, arrojándolo al aire para que el viento se lo llevase, mientras el auto se mantenía en marcha—. ¿Qué vamos a hacer ahora?

—¿Dónde está tu pasaporte?

—Está en un hotel, ya que de ahí partiríamos de viaje por la mañana, están también las cosas de Malcom, pero eso no importa. ¿Por qué necesito mi pasaporte?

—Pienso sacarte del país y estaremos dos meses fuera de todo lo que acarreara esto, no quiero que te hagan sentir mal —expuso desviando la mirada del camino y posándola en ella, con un gesto amable y dulce.

—No me cabe duda de que eres un caballero —aseguró, correspondiendo al gesto.

Se dirigieron al hotel donde se encontraban las cosas de Audrey. Ella bajó y le hizo un gesto a él para que hiciese lo mismo, cuando Nicholas bajó, ella lo tomó de la mano y entraron.

—Buenas tardes, por favor las llaves para habitación de los Fitzgerald —pidió Audrey en el lobby. Los empleados la conocían, por lo que le entregaron las llaves, sin evitar posar la mirada en Nicholas a sabiendas de que no era Malcom Fitzgerald, sino el actor de Broadway.

Audrey se percató de la poca prudencia de los trabajadores, pero no le importó, agarró las llaves y se encaminó.

Al subir al ascensor le indicó el número de la habitación al operador y apenas cerró la rejilla y el elevador se puso en funcionamiento, la pelirroja se abrazó a Nicholas y se puso de puntillas, besándolo sin ningún pudor, solo dejándose llevar por las ganas que la estaba torturando, y él no dudó en corresponderle con intensidad.

Cuando llegaron al sexto piso, el operador carraspeó para indicarles que ya podían descender.

—Disculpe es que estamos recién casados. —Le dijo Audrey tirando de la mano de Nicholas, quien con la mano libre le palmeó el hombro al señor y le regaló media sonrisa.

Al llegar a la habitación, una vez más acosó a Nicholas con besos y caricias, mientras le desabotonaba la camisa con dedos rápidos.

—Audrey… Audrey, aquí no, puede llegar alguien. —Le hizo saber él alejándola un poco.

—Está bien… como tú digas, voy a cambiarme rápido, como comprenderás, no puedo viajar con este vestido, me pesa horrores. —Con sus dos manos levantó la parte delantera y se encaminó al baño.

Nicholas tomó asiento y decidió fumarse un cigarrillo, mientras esperaba por Audrey y admiraba la habitación, la cual tenía una cama amplia y se notaba su comodidad.

Estaba ansioso por emprender el viaje, pero faltaban tres horas para que el tren saliera, por el momento no podía pensar en nada más que en sus ganas de tener a la pelirroja bajo su cuerpo.

Su entrepierna palpitó y su corazón se descontroló, al ver salir a Audrey con una dormilona que parecía haber sido creada por los dioses, dejándolo sin aliento y perturbándolo, soltó lentamente el humo del cigarrillo para poder respirar.

—No... no vas a viajar así. —Le dijo él, encontrando la voz, y ella se encaminaba a las cortinas, para cerrarlas, y su cuerpo a contra luz se dejaba apreciar completamente a través de la ligera tela de la dormilona, provocando que el pantalón empezara a incomodar la erección naciente en él.

—No, claro que no, pretendo que me la quites antes de que me lleves a las estrellas... no pensarás que no voy a estrenar toda la lencería que compré —dijo encaminándose, y los ojos de Nicholas se posaron en el edén que se apreciaba a través del encaje blanco.

Audrey se detuvo frente a él y le quitó el cigarrillo, le dio una lenta y larga succión, para después soltar el humo y lo apagó en la mesa de al lado, tomó las manos de Nicholas y se las colocó en la cintura, demostrándole como quería que la acariciara, y poco a poco se fue dando vuelta, mientras él mantenía las manos moldeándole la silueta sin moverlas de lugar.

Era como un florero de arcilla al cual le daba forma, ella con toda la intención empezó a frotar su trasero contra la entrepierna masculina, sintiendo las pulsaciones de un miembro que se elevaba poco a poco, colmado de orgullo.

Nicholas en medio del arrebato cerró con una de sus manos la cintura y la adhirió completamente a él, mientras que con la otra mano le tomó la mandíbula, besándole el cuello, devorándoselo como un animal famélico, y Susana tenía razón, con Audrey no podía tener control.

—Te deseo... eres un maldito vicio Audrey —susurró ahogado, con sus manos viajando por el torso femenino, apoderándose de uno de los senos.

Audrey llevaba las manos hacia atrás y a ciegas buscaba el botón del jeans que él llevaba puesto, para liberarlo de la tortura a la cual ella lo estaba sometiendo, mientras jadeaba a causa de los besos y caricias de él.

—No... no podemos hacerlo aquí —hablaba él con voz ahogada sin detenerse, era esa lucha entre su razón y sus ganas.

—¿Quién dice que no? —preguntó la pelirroja, mientras que su mano traviesa entraba gloriosa y se apoderaba del pilar caliente y palpitante—. No te preocupes, no creo que llegue alguien, lo último que harán será venir al hotel. Ahora ponte de pie y ayúdame a quitarte los pantalones, necesito… te necesito. —Pedía con urgencia.

Nicholas sin dejar de acariciarla, ni de besarla se puso de pie, apenas abandonó lo que sus manos hacían para deshacerse de la camisa, de los pantalones y los zapatos rápidamente, y Audrey se volvió, mirándolo a los ojos.

—Te ves increíble con esa prenda, te juro que casi me da un ataque… pero ahora quiero ver como se ve en el suelo. —Le dijo, alzando la dormilona y dejando a la chica desnuda, la tomó por la cintura y la elevó.

Audrey no perdió tiempo y se aferró con sus piernas a las caderas de Nicholas, quien la condujo a la cama, donde se entregaron una vez más al placer que los calcinaba, a esa locura que los envolvía, sintiendo las venas arder y los corazones querer reventar sus amarras ante los latidos desenfrenados.

Los besos iban y venían en una danza que los dominaba, las bocas dolían ante el desespero por querer comerse el uno al otro.

—No sé… Audrey… —susurraba contra los labios hinchados de la pelirroja mientras se hundía con lentitud e ímpetu, arrancándole jadeos, y ella se aferraba con las uñas a la espalda de él, arqueando su cuerpo para sentirlo aún más cerca, para sentir que la piel de Nicholas se fundía con la de ella, logrando que las miradas se encontrasen—. No sé si lo que siento por ti es amor… no lo sé, pero de lo que sí estoy seguro, es de que estoy obsesionado contigo… estoy obsesionado — repitió, y la chica le regaló una sonrisa; él se desbocó, cabalgándola febrilmente.

—Necesito un poco más… un poco más, Nico. —Pedía ella casi llegando al cielo, por lo que él se puso de rodillas y se hizo más espacio, enloqueciéndola con sus arremetidas que le arrancaban gritos de placer, y él gruñía ante el goce de verla a ella volverse liquida en sus brazos, de sentir tanto deleite como nunca lo experimentó con ninguna otra.

Audrey disfrutó su viaje a las estrellas, al igual que Nicholas, no sabía si lo que sentía por él era amor, pero de lo que sí estaba segura, era de que disfrutaría cada momento a su lado, mientras le durara lo que sentía por él, y tenía la certeza de que no era algo efímero, no podía serlo porque lo desea con demasiada intensidad.

Aun cuando ella estaba colmada seguía succionándolo para que él explotase en el infinito, con ese orgasmo que ya se anunciaba, verlo boquear y cerrar los ojos ante el desespero que lo atacaba antes de derramarse en ella con una propulsión perfecta, era una experiencia única.

Cuando sus cuerpos y sus almas saciaron las ganas, alcanzando el éxtasis perfecto, descansaron unos minutos, esperando que las fuerzas se renovaran y los latidos se normalizaran, para después darse un baño y vestirse, antes de salir de la habitación sin dejar el equipaje.

A Audrey una sonrisa satírica le protagonizó los labios al ver la cama en completo desorden y las huellas húmedas de la apasionante batalla que se había llevado a cabo en el lugar, además del olor a sexo danzando en el ambiente.

Una estocada final para el orgullo de Malcom, no lo hacía por celos, poco le importaba lo que había hecho, si ahora estaba de la mano de Nicholas. Lo hacía por maldad, pensó en dejarle el anillo de compromiso y la argolla de matrimonio, pero prefirió llevarlas consigo y venderlas para gastárselas en algunos regalos sorpresas para Nicholas y así disfrutar más de ese lugar a donde él la llevaría.

Antes de salir pidió en el lobby que no quería que le hicieran servicio a la habitación, no quería que estropearan la sorpresa que le había dejado a su marido.

DIECINUEVE

Dos semanas después se encontraban en su destino. Nicholas se la había llevado a Puerto Rico donde había rentado una cabaña en el mismo paraíso, alejado de todo y de todos, a la orilla del mar y al fondo una selva exótica, que contenía ríos y saltos de aguas con pozones de agua cristalina, toda esa maravillosa naturaleza había sido testigo de sus encuentros pasionales.

El color de la piel de ambos había cambiado considerablemente, parecían unos camarones ante el bronceado que llevaban.

—Robert dará el grito al cielo cuando vea lo que has hecho con la palidez de Drácula —bromeó Audrey, acostada en una tumbona bajo una palmera, mientras disfrutaba de una piña colada y de la brisa marina.

—Valdrá la pena cada grito de Robert —respondió, desliando un cubo de hielo desde la rodilla hasta la ingle de Audrey. Le gustaba ver cómo la piel caliente de ella resumía en su totalidad al cubo.

Cada minuto al lado de esa mujer le reafirmaba que había tomado la mejor decisión, los momentos junto a ella eran extraordinarios, sin tapujos ni testigos podía vivir plenamente sus sentimientos, burlándose de un pasado al que ya no deseaban mirar, solo querían tener todos sus sentidos puestos en el presente.

De repente el sol empezó a ocultarse tras una espesa nube gris y el viento se hizo más frío.

—Parece que se arruinará el día —bufó Audrey, quitándose los lentes de sol y miró al cielo—. En serio, no lo puedo creer.

—Será mejor que regresemos a la cabaña.

—Esperemos a ver si solo es una nube.

—Realmente no creo que solo será una nube, mira nada más el horizonte.

No les quedó más que regresar y encerrarse en la cabaña, justo al cerrar la puerta empezó a llover.

Nicholas buscó la manera de hacer el encierro más entretenido, con pocos besos y caricias, consiguió excitar a su mujer, por lo que terminaron rondando entre las sábanas, en medio de un encuentro explosivamente sexual, lo hicieron hasta quedar agotados y rendidos.

Cuando Audrey despertó se encontraba sola en la cama, ya había dejado de llover, se levantó con ganas de ir al baño, pero antes de que pudiera salir de la cama miró la nota que estaba sobre la almohada de Nicholas, la tomó y leyó:

Tenemos cita esta noche, espero que despiertes a tiempo, no quiero esperar mucho.

Será especial, puedes sorprenderme.

Ella sonrió y miró el reloj, que marcaba las dieciocho.

—Tengo que darme prisa —se dijo y desnuda salió corriendo al baño.

Después de ducharse, se puso una falda blanca, estilo hindú de tela ligera y una camiseta sin mangas, ajustada a su diminuta cintura.

Se dejó el pelo suelo, porque sabía que así le gustaba a Nicholas, y decidió quedarse descalza, se dirigió a la orilla de la playa donde él la esperaba con una cena especial; en realidad, para ella cada segundo al lado de Nicholas era inigualable.

Una sonrisa se dibujó en sus labios al ver la mesa y las dos sillas, una de las cuales él ocupaba.

Nicholas cuando la vio acercarse se puso de pie, y como el caballero que era, la guio y le sacó la silla para que tomara asiento, seguidamente él tomó asiento y sacó de la hielera la botella de champagne, llenó dos copas y le pidió que brindase.

La atención de Audrey se fijó en los tres hombres que se acercaban con instrumentos musicales en mano. Inevitablemente su sonrisa se amplió y el corazón le latía cada vez más de prisa.

Después llevó su mirada a los ojos azules, sintiendo que la hechizaban y la enamoraban de forma desmedida. Ese hombre, con el que no se había casado, le estaba brindando una luna de miel jamás imaginada.

Tenía la certeza de que junto a Malcom no la hubiese disfrutado tanto, posiblemente estar con quien no era su esposo lo hacía todo más excitante.

—Por esta obsesión. —Brindó él, elevando la copa, y sonriéndole con una sensualidad, que provocaba que en Audrey volviera a encenderse ese fuego interior que horas atrás, él mismo se había encargado de extinguir.

—Por nuestro amor, este amor que quema y que no obedece estándares, un amor egoísta que no permitirá que otros lo dañen —comentó Audrey con la copa elevada, segura de que había descubierto en Nicholas su otra mitad, o posiblemente siempre lo supo y por eso la cautivó desde el instante en que lo vio.

—Este amor que es tan poderoso en mí como en ti, un amor por el que estoy dispuesto a hacer cosas horribles si se precisa —dijo con total seriedad mirándola fijamente a los ojos, para que no le quedaran dudas de que lo decía en serio.

Chocaron sus copas y bebieron un trago, que fue acompañado por las notas musicales que los hombres implementaban con los instrumentos de cuerda y viento.

Nicholas dejó su copa sobre la mesa y le tendió la mano a Audrey.

—¿Quieres bailar?

—Estaría loca si rechazo esta invitación —dijo sonriente y se levantó, aferrándose a la mano de Nicholas, que la guio a un lado de la mesa, sin salirse del círculo que había creado con velas y arreglos florales.

Abrazos se movían al suave ritmo del bolero, mientras él la estrechaba en sus brazos y la mirada a los ojos.

—Eres completamente diferente —susurró él, perdido en los ojos ámbar.

—Diferente, ¿de qué o quién? —preguntó ella entre turbada y halagada.

—De todo y de todos… Eres única, eres perfecta —confesó frotándole la barbilla con el pulgar.

Ella sonrió y accedió a ese beso que tanto él quería darle, un beso que se hizo intenso y romántico, mientras ellos seguían bailando mientras el coro del trío entonaba.

Yo vivo obsesionado contigo
y el mundo es testigo de mi frenesí.
Por más que se oponga el destino
serás para mí...

Nicholas guiaba el beso, lo dominaba y la pegaba a su cuerpo.

Poco a poco fueron reduciendo las ansias hasta que sus bocas se separaron, pero siguieron tan unidos, mejilla contra mejilla.

—Feliz cumpleaños, amor mío —susurró él en el oído de ella, y le dijo un suave beso en el lóbulo de la oreja.

Audrey sintió millones de mariposas extenderse por su cuerpo y hacer fiesta, sentía que se desvanecía, pero Nicholas la mantenía firme entre sus brazos.

—¿Cómo lo supiste? —preguntó con la voz temblorosa.

—Lo vi en tu pasaporte... —respondió sonriendo y encarándola, depositándole un suave beso en los labios—. No sé si está bien, pero estoy preparando el ambiente para que nos entreguemos al placer por doce horas —propuso, por fin hacer practica de lo que había estado aprendiendo del tantra.

—Está perfecto... pero creo que no lo soportaré, seguramente me matarás de placer mucho antes, no creo que pueda resistir tanto... amor mío. —Le dijo, y al igual que él.

Volvieron a besarse todo lo que restó de canción, y un poco más de la siguiente, mientras seguían bailando totalmente compenetrados.

FIN.

CONTACTA CON LA AUTORA

 @Lily_Perozo

Lily Perozo

 Lily Perozo

 Perozolily@gmail.com

www.ingramcontent.com/pod-product-compliance
Lightning Source LLC
Chambersburg PA
CBHW051843170626
46807CB00003B/1323